文庫 JA

76〉

宇宙人相場

芝村裕史

早川書房

7454

目次

宇宙人相場

序

オタクは金に困らない。そんな言説がある。

趣味にこそお金を投じるものの、他に無頓着、お金を使わない。奥さん子供もいらないし、高給な食事も志向しない。結果として、他の人より必要なお金は安くあがる。

誰が言ったのか知らないというよりもTwitterに流れているのを見ただけなんだけど。

オタクなら分かるだろう。そんなことは嘘だ。ＬＤソフトがＤＶＤに、ＤＶＤがブルーレイになるたびに同じソフトを買うかどうか迷うだろう。忠誠心を試されていると思うあれだ。あれは、お金に困っているのだ。

ただ、節約しても興味のない人からするとたいして変わらないように見えるから、……そう、ＤＶＤとブルーレイの違いを力説しても、光速で離れていく人の背中を見るだけだ……そう見えないだけにしか過ぎない。

そして我々はほとんど全員が言い訳のプロなので、上手いことごまかし、ごまかされてお金とは無縁を演じている。

実際は、こうだ。ある一定の線を越えると、オタクはお金が欲しくなる。

高野《たかの》信念《しんねん》は一〇歳の頃、同級生や親に隠れて魔法少女ものと呼ばれるアニメを視聴していた。三次元の小汚い上に小狡《ずる》い同級生の女の子達にはいかなる魅力も感じなかったが、まだブラウン管だったテレビの中でダンスするピンク色の女の子は、違った。マジ結婚してくださいとテレビの前で土下座しながら血を吐くような思いでそう願った。

彼女たちの品物が欲しい。具体的には魔法の杖、超欲しい。

だが一〇歳のクリスマスプレゼントは、すでにファミコンと決まっていた。またどの面下げて親にそんなことを言えようかとも思った。手に入れるなら妹がいるふりをして自分で買うしかない。

だが、金が足りなかった。五一〇〇円は当時として高すぎた。

信念は一〇歳にして一線を越えていたのだ。金が欲しくなる、オタクの線を。

それから、何年も金に困った。オタクの学生時代は、我慢の下積みである。今月読むマンガを慎重に選ばねばならぬというのは、ただただ、苦行、それのみであった。自分の知らないマンガで盛り上がる人々を見ると淡い殺意を抱いた。それが大ヒットすると自分の目利きは大したことないと鬱《うつ》に入るような気になった。そのたびに作品愛を思い出し、いいんだ。俺はこれを愛しているんだと思いながら薄い財布を覗き込む日々が続いた。ここであきらめれば、金が欲しいオタクの線を踏み越えなければ、あるいは別の人生もあったやもしれぬ。しかし信念は、それが出来なかった。

努力はしたのだ。努力だけは。

保健体育の授業で煩悩は運動で昇華できると聞いてサッカー部で修行を始めた。サッカー漫画の影響で一〇番、さもなければキーパーをとかたまに口走る程度でなんとか部活に溶け込んで、若林高野というどこまでが苗字かわからぬニックネームで全国大会にまで出場した。

彼は懸命だった。身を焦《こ》がすオタクの情熱を、昇華できればと思った。バック転を覚え華麗なパンチングを披露し、ゴールポストを蹴って飛ぶような芸当をやって反則を食らうこともあったが、いいのだ。原作通りだと言って取り合わなかった。

だがそれでも、クリスマスの頃になると買えなかった魔法の杖を想って一人おもちゃ屋のショーケースの前で崩れ落ちた。情熱は昇華せず、水分だけ飛んでいい感じに焦げていた。

そこに第二の山が来る。高校卒業である。タケシの番組にサッカーで出ないかと言われつつ、スピードワゴンはクールに去るぜと背を向けて、意気揚々とこんにちは人生本番、ありがとう、とアニメとマンガの専門学校に行こうとして、親から金がないと言われた。

専門学校に行くには二年で三〇〇万円。一年一五〇万円。これがないばかりに、オタクの道が派手に絶たれた。代わりに就職先として、父も通っている大手の自動車部品メーカーの職を斡旋された。一七歳の年末だった。時にバブルである。スポーツがしっかり出来ていた信念には、それだけで違う道が開けていた。

金、金。そこで最初の選択に失敗した。

会社に行かず、バイトで学費を払おうと考え入学した。サッカーで騙《だま》された。もうオタク以外のことを人生でやりたくなかった。

当時のバイト、コンビニにて時給六五〇円。親からもぎ取った三〇〇万円を引いても、学費には四一五〇時間の労働が要《い》った。一日四時間土日なしで働いて一〇〇〇日、つまり三年近くかかる。

高校どころか中学生レベルの簡単なお金の計算を、信念は間違えた。一年目には学費のためのバイトで学校に行けなくなる始末。二年目にはあきらめて学校を辞め、あとには新人でもないが経験もないだけの若者が残った。

それでもオタクはあきらめられず、バイトで食いつなぎながら、独学で絵を勉強し、漫画家になろうと思った。最初から、そう、中学高校の時、特に高校の時からやっておけばよかったと思う。配分を間違えた。サッカーなんかしなければよかった。

ビデオだ。あれが悪い。あれでようこそようこなどがいつでも見られるから、部活などしていたのだ。

あの頃が人生の最悪だった、と思う。

失った過去を数えるように、電卓を叩き、自分の計算ミスを眺めた。その後も何度も計算した。オタクにも金はいると、強く思った。世の中の全部と同じように、金はいる。

金だ、金だ、金。

負けていると嫌な癖がつくもので、何でもお金で数えたり、計算してしまう癖がついてしまった。汚れたとも思ったが、これが大人になることだとも思った。

イラストより暗算がうまいと自己嫌悪しながら、コンビニのバイトでは駄目だと結論をつけた。二秒で考えられそうな結論に、随分長くかかった。学校の教え方が悪いというより、応用する知恵がない自分を笑った。絶望はしなかった。その頃のアニメは豊作だったのだ。

より時給の良いバイトとして土木系に行き、さらにオタク系のバイトを根気よく探した。漫画家のアシスタントにはなれなかったが、秋葉原のオタク系電機店の書籍コーナーの店員になることができ、川崎から引っ越した。

真面目な仕事ぶりと体力を買われてWindows 95の深夜販売に駆り出され、大活躍。暗算の力と客の波を押し返す力がものを言った。その後、ボーナス替わりというわけでもないが、声優を呼んだ店のイベントで声優側との交渉を任されるようになった。何度かそういうイベントで交渉だの接待だのするうちに、取引先に気に入られて転職した。

声優のマネージャーになった。給料安く、労働時間は一日一八時間だったが、知り合いは爆発的に増え始めた。秋葉原から練馬に引っ越し。新宿や大久保まで、自転車で通った。毎日寝る前にお金の計算をしながら、声優のマネージャーはコンビニのバイトより時給で安いことに気づいた。他の社員や会社はどうなのだろうと思ったが、担当の声優さんが売れっ子で単に地方巡業が多いだけかもしれない。地方巡業はどうしても労働時間が長くなる。

オタクはやりたいし、声優のマネージャーはオタクの髄《ずい》だと思ったが、長くは出来ないなと思った。それにそう、担当の声優さんに肩入れし過ぎて個人的に応援し過ぎていた。いや、渋い声の男の声優さんだったんだが。

それで、別の声優の担当をやれ女の子だぞ、と言われた際に辞めた。報告しにかつての担当声優のところに行ったらオメガの腕時計をくれた。餞別だという。

この時計は、今でも家に飾っている。つけると霊力が下がりそうな気がするので、自分はカシオの腕時計を愛用している。

数年のマネージャー時代に得た人脈を使い、転職する。今度はカードゲームを社長の道楽でやっているというコンピューターゲーム会社であり、信念はここの非正規ならぬ不正規社員として、雑多な活動を始めた。具体的にはイベントの設営と売り子と雑用である。給料は安かったが暇も多く、人生初の定時で帰れる職場だった。

時間ができたのはとても嬉しく、それで、同人活動を始めた。絵心はあまりなかったが、イベントに参加するのは好きだった。そこでグッズを作って売ることにした。カードゲーム会社のノウハウを利用したトレーディングカードやマネージャー時代の知己を利用したちょっとしたグッズ作成である。

数年でこれが大変な成功になり、ついに仕事でもらっている給料を超えた。正社員にどうかというお誘いを頭を下げて固辞し、一緒に同人活動をしていた仲間とアクシオという会社を作ったのは二〇代も後半になってからである。

経営方針はただ一つ。売り上げよりも時給とのバランスである。

売り上げが伸びても時給が下がったら、労働時間が延びていることを示す。そういうことは、もうやめよう。昼まで寝て、深夜アニメはリアルタイムに見る。こういうオタク的な生活をしようと社員たちと決めた。

金が大事と知って九年目に、時間も大事だよねと悟ったのである。

以後売り上げは伸びなかったが、生活には余裕ができた。金と時間を両輪にして、新しい会社は走り出した。

会社経営満一年目に、昔を思い出して電卓をたたく。

この時の年収一二〇〇万円。つまり月収一〇〇万円、社員三名の零細企業の社長としては良い方の数字。バブル崩壊後の三〇歳前でこの収入なら、経営が安定していないとはいえ、上出来だろう。

一八歳で学校に斡旋されるまま、大手の自動車部品メーカーに入り、年収三五〇万円でスタートしてその後のバブル崩壊で給料が上がらなくなったとして、一〇年で三五〇〇万円になる。色を付けても四五〇〇万円には届くまい。

会社設立までに稼いだ金は平均年収二〇〇万円の九年で一八〇〇万円。差額は二七〇〇万円。

選ばなかった人生に、あと一年ちょっともあれば追いつき、追い越せる。満足して電卓を置いた。一つ、お金の計算をミスすると、取り戻すまでに随分かかり、また苦労する。だがもう、それは忘れよう。

今は順風満帆だ。そう思って、疑っていなかった。

第一章　初めての出会い

今日もよく分からないメールが届いている。

内容は一行。

〝おはようとこんばんはの違いは？〟

それだけ。

この数日、そんなメールが一通ずつ届く。ブロックしようかとも思ったが、差出人が死んでしまった友人の名前に似ているのでなんとなくそのままにしている。

それにまあ、カシオの折り畳み携帯電話を眺めながら思う。この質問は時に哲学的ですらある。前向きに評価すれば世界について考えるきっかけになる。ただうざいとはねのける、そういうことがなくなったのは、これが老いというものだろうか。

老い。

オタクも老いるし、ゲーマーも結婚する。少々遅いだけで、誰しも通っている道だとは思う。

高野信念は三五歳になる。三五で老いというと父親には笑われるが、昔は出来た背中宙返りが出来なくなり、全力で走ると膝をやられそうになり、風邪がなかなか治らないとなれば、他に言いようも思いつかぬ。それが日々悪化している。肉体派を自認する自分にとっては二〇代後半からは、毎日が長い坂道を下りるようなもので、それが性格に少々影響したような気がしなくもない。具体的に言えば、少々鬱屈《うっくつ》した。ひがみっぽくなった。

これではいかん。人間は誰しも老いると思いなおしたのは三〇になってからだった。むしろ三〇までは、そんなことは思いもしなかった。何かから逃げるように毎日を全力で楽しく過ごしていた。色んなオタク系の仕事を転々とし、行く先々で誉められたことを糧にして次の仕事をやってきた。興味ある仕事をあらかたやったあとで、最後に起業したのは二七の時。社員三名の小さなアニメ関連のグッズ会社である。吹けば飛ぶような小さな会社だったが、高野は特に気にしなかった。どんな仕事も苦労はするし、どんな仕事も一所懸命ならやりがいはあると思っていた。これまでのいろいろな仕事の途中で築き上げた人脈もあった。

しかし。三五である。毎日を全力で楽しくやっていると、ふとした時に自分の全力が前より下がっていることに気づく。老いだ。誰にもいつかは来るものだったが、信念はそれが嫌だった。毎日を全力で仕事していた分、自分の老いに気づくのがずっと早かった。

普通はもっと、決定的な事件が起きたときに人は老いを自覚するのだろう。

高野はプロになったサッカークラブの選手達のことを考える。彼らと同じか。まあ、世間一般より、早かったからいいとするか。

老いを感じれば色々なものが意味の異なるものとして見えるもので、たとえば急に、両親がありがたいものに思えてきたり、子供が急に可愛く見えたりしてきた。生き物としての自分の位置づけが見えてきて、子供を育てないといけないような気にすらなった。そう、人は子を産み、育て、そして死んでいった的ナレーションが合うような人生を歩まねばならぬ。むしろ最近あのナレーションの深みに気づいた。

新作のアニメグッズである美少女の抱き枕カバーの品質をチェックしながら、そんなことを思った。引っ張って縫製の強度を調べ、印刷がしっかりしているかを見る。席を立ち離れて全体を見直す。絵というものは繊細で、わずかなずれで、別のキャラに見えたり、可愛らしく見えなくなるものだ。

練馬のマンションの一室を借りて作った事務所の中、窓の外では桜の葉が散りはじめ、猫が寒いと声をさかんにあげていた。

二次元から三次元に。一〇代二〇代と、アニメ、マンガ、ゲームで過ごしてきた自分にとって、それは文字通り次元の違う難しい行為のように思えてくる。たとえばそう、この抱き枕の価値は分かる。プリントされ、眩《まばゆ》い笑顔を向けるちょっと幼児体型入っちゃっている美少女。うむ、これはいいものだ。それはわかる。我が社の製品は最高である。

だがしかし、三次元の女についてはどうだ。ぶっちゃけ相場も分からない。何が良くて何が悪いのか、ああ、そういえばそんなアニソンがあった。アニメの主題歌。とりあえずサビまで歌った後、逃げちゃダメだと自分に連呼した。それすらアニメの台詞だったことに気づいて愕然とした。自分は薄っぺらいというよりも、二次元の人であるとの思いを強くした。

とはいえ、オタクでも家庭は持ちたい。三五を過ぎると割と深刻に思う。

それで、巷間を賑わす婚活なるものをはじめることにした。そして一〇秒ほどで挫折した。何をすればいいのか分からない。ネット検索をはじめたら次の瞬間には今期のアニメを見ていた。ダメだとは自分でも思うのだが、一念発起しても気合いが続かぬ。そのうちぼんやりアニメを見ながら、このままではオタクは絶滅するなと考えた。少子化で。

いや、そうはさせぬ。我が社の抱き枕がずっと続くように、いや、オタク文化が一〇〇年先もあるように、老人ホームでも、死ぬ直前まで俺がオタクであるように、努力をするべきだ。

自分でも意味不明の使命感に突き動かされるように夜の街へ出た。あるいは本能のなせるわざというべきか。まっすぐいきつけのオカマバーに行き、俺は結婚すると言って回った。同人仲間でもある店主は化粧を直しながら、悪女の深情けともいうべき視線をとばし、来るとこ間違っているわよと、もっともなことを言った。

そんなことは分かっている！　力強く高野は言った。隣の老紳士が悪女の深情けその二の目で、養子縁組と人前式による結婚をすすめた。男同士はそうやるんだよという話であった。高野は深く感謝しつつも、失意のまま店を出た。聞きたいことは男同士の結婚の話ではなかった。店主は高野の性的趣味を知っていたが、あの老紳士は分かっていなかったというわけだ。

まあ、とりあえずはアニメの上下ジャージとかやめて、おしゃれとかやってみたら？　店から送り出す際、そんなことを店主は言っていた。それはそうだと思うのだが、問題の本質は、違った。

参った。生身の女と話す度胸がない。基本的な自分の状態に気づく。護身が完成していたというべきか、どうも無意識に女から離れていたようである。

現実離れしているという点で、オタクもオカマも文字数同じで二字しか変わらぬ。それで相談したのだが、やはりあっちもダメだった。

駅近くの階段に座り込み、始発を待つ。着信音。メールのそれだったので携帯電話を開いて見る。

〝リーマンって何？〟

サラリーマン？　それとも別のことか。なんのことかと頭を抱えていたら女から声をかけられた。高野は顔を上げる。

ひどく痩せて背の高い女だった。顔色も良くなかった。それで大丈夫ですかと声をかけてきたのだから、大したものだと思った。かすれた声で大丈夫ですと返事したら、ではどいてくださいと言われた。高野は身を小さくして場所をあけた。横に女が倒れ込むようにして座り込んだ。

「えーと」

「貧血です。すぐに治ります」

笑い話でしかない話であったが、笑い話だけでは終わらなかった。割と真剣にならざるをえない状況である。高野は意識をなくした女の肩を揺らし、あわてて担いで病院へ行った。担いでいる最中首は四方に揺れ、顔は土気色だったから真剣な話すら通り越してちょっとした悲劇の様相すらあった。

高野の判断は素早かった。幸い命は取り留めることが出来た。危ういところでしたと医者に言われて肝を冷やす。担いで走る際にはなんというか勢いがあった。なぜだか急がないといけないと思ったのだが、勘が当たった。いや、顔色がやばかったから勘もなにもない。しかしまあ、救急車を呼ぶより早く担いで走ったのは卓見というべきだろう。春ほどでないにせよ、この時期の繁華街は、急性アルコール中毒患者が大量発生し、新宿区の救急車が局所的に足りなくなる。足りなくなれば到着も遅れるというわけだ。

いまだ意識の戻らぬ女のバッグを開けるのには勇気が要ったが、幸いにも携帯電話に登録された電話番号のリストの一番上に緊急連絡先・お母さんと登録されていた。どうも手慣れた感じだと思いつつ、電話をし家族の到着を待つ。女の母は四時間ほどでやってきた。入院セットをダレスバッグにいれての到着である。やっぱり手慣れているように見えた。

「はじめまして。妙《たえ》の母です」

「はじめまして。えーと実は僕、お嬢さんとは面識がなくてですね」

「ええ、まあ、寄ってきて倒れたんでしょ」

母はそうでしょうともと頷《うなず》いた。

「あ、はい」

「あの娘、小さいときから身体弱くて、こういうことたびたび起こすんです」

しばし絶句した。世の中には、色々な人がいる。

「えーと、いや、あの、危なくないですか。こういっちゃなんですが、目の届くところにお嬢さんをおいといた方がいいかと思います」

「そうでもないですよ。あの子。人の良さそうな人を瞬時に見極めて寄っていったあと予告して倒れるので」

「予告してはなかったような」

「あらやだ。じゃあ、本当に危なかったのね」

うぉおいと叫びそうになったが病室の前ということでぐっとこらえた。今期のどのアニメよりぶっとんだ設定だなと思いつつ、頬をかく。

母親は泣いていた。そりゃまあ、親ならそうだろう。

「今後はそばで見守ってあげてください」

優しくそう言った。緊急連絡先、お母さんと書くぐらいだから、親子仲は悪くあるまい。

「無理ですよ。娘が嫌がるもの」

「そういう次元ではないでしょう」

「そういう話ですよ。生まれつきの病気で、死ぬまでつきあうんです。どうやったって病気と娘は切り離せない。でもうちの娘は人並みの生活をしたがるんです。大学行ったり、おしゃれをしたり、コンパに行ったり」

アニメより大変な設定だなと高野は思った。

「立ち入った話ですみませんが、お酒大丈夫なんですか」

「飲まなければどうということはないのよ」

「どこかの大佐みたいですね」

ああ、いや、と言葉を続けた。うっかり母親と話に興じてしまった。時計を見る。会社は遅刻確定だった。自分で作った社則を自分で破るのは、想像以上に滅入ることである。

示しがつかないとはこのことだ。人助けなんて性に合わない。自分でいうのもなんだが意味が分からない行動だった。なんで助けようとしたんだろう、オタクなのに。とはいえ自分はオタクではあるものの、昔から目の前の人を笑わせようと思ってしまうタイプのオタクではあった。

「会社にいかれるんですか」

母はアニメとコラボしたカシオの腕時計を見る高野にそう言った。

「ああ、いや、特に忙しくもないので」

思ってもいないことを言ってしまった。俺は何を考えているんだ。

「今はやりのニートなの？」

「だいたい、そういうもんですね」

自分のつきあいの良さを説明するのが面倒くさく、適当に相槌を打った。

「そう、ニート。だからジャージなのね」

母親は重々しく頷いた。

「お嬢さんの様子はどうでしょうね」

意外に高いジャージなんですよとは言わず、娘さんの心配をする。母はため息。

「どうでしょうね。私にも分からないわ。いつもならもう、意識が戻っているのだけれど。

ああ、でも、なにも貴方がついていなくてもいいのよ。お世話になりました、本当にありがとう」

「いえいえ。あー。もう少しいますよ。僕も気になるんで」

娘より母との方がよっぽど会話している。そんなことを思ううちに看護師が来て、妙さんが意識を取り戻したと告げた。よかったと微笑み、席を立った。

「良かった良かった。帰ります」

慣れない婚活などすべきではないが、まあ、人を一人助けられたのはよかったとこの件を総括した。会社に行って部下に怒られよう。

すぐに母親に呼び止められた。

「やだわ。えーと」

「高野です」

去り際に背中でクールに言うつもりが、うっかり振り向いて言った。母親はほっとした様子で笑っている。

「そう、高野さん。せっかくだから見ていってやってくださいな。あと、娘から直接お礼言わせてください」

そう言われていやとは言えず、病室へ向かった。いきなり入るのもなんだろうと、呼ばれるまで外で待った。

待つ間にぼーとする。老いの恐怖か、漠然とした将来への不安か、単に習い性が身についてしまったか、いつも全力で駆け抜けていた自分にとって、何年かぶりの何もしない時だった。電卓すら叩いていない。耳には遠く、NHKのニュースか何か。アナウンサーがリーマンショックがどうとか言っていた。ラジオの声を小さくしろと怒る看護師の声まで聞こえた。

「高野さん」

しまった、この隙にクールに帰れば良かった。人を助けることはあれど、お礼を言われるのは苦手だった。電車で席を譲っても、そのまま遠くに逃亡するタイプである。なぜ逃げなかった自分、と思いながら母親に背中を押されるように病室に入った。

「ありがとうございます。このたびはご迷惑をおかけしました」

土下座、だった。いや、ベッドの上だから土下座ではない？

この感謝の仕方は斬新《ざんしん》だった。長い髪が垂れて彼女の肩から落ちた。雰囲気は美人さんだが実際はどうだろう。顔が見えたら盛り下がるのは二次元と三次元の違いでもある。

「ともあれ、えーと、いや、無事で本当に良かった」

「ありがとうございます。割とぎりぎりでした」

頭を上げずに彼女は言った。

「あ、はい。お話はお医者さんからなんとなく聞いておりますです」

「ええと？」

頭を下げながら彼女は首をかしげた。変なことを口走ったか。いかん。

「いや、慣れてないもので。それでええと、あの、面《おもて》をあげい？」

母親が吹き出した。自分がテンパっているのに今更ながら気がついた。

彼女が顔を上げる。なにそれと、笑っている。顔色は良く、しゃぶしゃぶに出来そうなくらいの豚肉の色をしていた。良かったと高野は思った。ああ、良かった。睫毛が長い系美人。おお、とまではいかないが、メーテル来たと騒ぐ程度には美人だった。背も高いし。もっとも松本絵の女性の特長である後頭部の盛り上がりはないので、再現性はさほどでもない。

「そっちは、大丈夫だったんですか」

「そっち？」

「高野さん」

何を言ってるんだとまだ正座している彼女、妙を見直した。入院服だった。点滴がまだついていることに、今更気づいた。

「俺がなにか」

「酷い顔でした。凄い傷ついた顔してて」

高野の目は、まだ点滴を追っている。

「そうでしたっけ」

「そうでした。それで話を聞いてあげようと思ったんです」

視線を引き剝がして病室の天井を見た。自分がどうしてどういう感情だったか、とんと思い出せなかった。正直、それどころではなかった。

「思い出しました？」

何故か責めるように妙は言った。不意に徹夜だったのを今更思い出した。ついでに怒りがこみあげた。

「思い出せるかーい！　隣で人が倒れたらたいていのこと吹き飛ぶし、忘れるちゅーんじゃ！」

「逆ギレですか？」

不満そうに唇をとがらせたのを見て、高野は本当に切れた。見たところ自分よりかなり若いと思ったが、所詮、相手は三次元星人だった。キラキラ星たる二次元星の生き物である俺とは違うと思った。心配して損した。

「初めてでテンパったと言ってるんだ。まあ、元気そうで良かった。それでは」

高野は走って逃げた。呼び止められても振り返らなかった。両手をあげて走った。ダメだ。ダメ、三次元に関わるとろくなことがない。

走って駅へ。会社のある練馬へ戻って出社する。着替えれば良かったと思ったがもう、遅い。昼過ぎだったが社員は一名しか来ておらず、おいおいと思った。

「今日は社員来てないな」

「ああ、帰しました」

部下の鮎喰《あくい》が眼鏡を指で押しながらそう言った。自分がアクシオという会社を起業したのはこの人物が支えてくれると思ったせいである。俺が苦手な計算に事務に計画と、要するに商品企画と検品以外のほとんど全部をやってくれていた。

「なんで帰した」

俺が遅刻したからかと、いつ怒られるかどきどきしながら窓をあけた。昔ほどは臭くない川の匂いに、桜の葉っぱが少し残っている。この季節は空調よりもこっちの方が心地よい。

「座ってください。高野さん」

「あ、はい」

これではどっちが部下か分からないが、それはいつものこと。ところが今日の鮎喰は今までになく深刻そうな顔だった。自然、こちらも深刻な顔になる。窓をあけたのに息苦しい気になる。

「どうしたん」

「リーマンショックって知ってますか」

「あー。うん。今朝、ニュースに出てたな」

メールのリーマンとはあれかと、今更高野は思った。

「数日前からトップニュースだったんですけどね」

「あれだろ、アメリカの株価暴落だろ。不動産がどうしたとかで」

「そうですね。大のつく不況です」

少し考えた。思い当たることはなにかないか。

「しかし、うちは国内産業というか、オタク産業だ。不況とあまり関係ないんじゃないか。アメリカ人がうちの抱き枕やTシャツ買ってくれるでなし」

「そうですね。お客さんは問題ありません」

「となると、金融機関か」

「銀行ですか。いえ、大丈夫です。うちは国内の銀行としかやってませんし、国内の銀行はバブルに懲《こ》りて、不動産には手を出してませんからね。国内株価の低迷を嫌って利回りのいい海外の株はやってたにせよ、バブルの頃みたいな被害にはならないでしょう」

おお、やるじゃないか日本の金融機関。中小企業にはなかなか貸してくれないけれど。

腕を組み、窓の外の猫の鳴き声を聞きながら考えた。話はまだ見えない。

「えーと銀行でも客でもなけりゃなんだ」

「製造ですよ。生産を委託している中国の工場がつぶれそうです」

「うおい」

ものが出来なければ売ることはできない。高野は狼狽した。

「ど、どうする」

鮎喰は腕を組んでため息。

「そもそも北京オリンピックからこっち、向こうは不動産が値下がりしはじめてますからねえ」

北京オリンピックを迎えるために行われていた建設ラッシュも一段落して、巷には失業者があふれているという。もとより職をもとめて都会に出てきた地方出身者ばかりだから、貯金も何もないとのこと。

「そりゃ大変だ」

中国も昔の日本も変わらないなあという印象を持ちながら、再度腕を組んだ。それはそれとして分からない。全然分からない。それで社長なんかやってられるのかと言われれば、できる！　と答える。社長なんて飾りですよ。偉い人には分からんのです。鮎喰のようなナンバーツーさえいればいいんです。

「大変なのはわかったが、それでなんで工場がとまるんだ」

「中国では工場といえども不動産買って土地転がしてるんですよ」

土地の売買を繰り返して地価を吊り上げ、売買益を得てさらに土地を買うことを土地転がしという。昔の日本でも見られた光景だ。そう、若い頃というか、二〇になるかならないかの時盛んだった。

「バブルじゃないか」

「バブルなんですよ。それでまあ、値が吊り上がりすぎて、はじけそうなときにアメリカでこれですよ」

「アメリカの経済事件が社会主義の中国まで影響するのか」

「うちだって中国の影響受けてるでしょ。高野さん。経済ってのは繋がってるもんなんです。今や世界はグローバル経済なんです」

「グローバル経済ねえ。まあ要するにこういうことだな。中国の工場が土地を買って転がしてる途中で不景気になりかけてさらにアメリカから追い打ちというか、影響が来そうと」

「ええ。で、工場から連絡が来て、つぶれると」

「うぉい。昨日の今日でか」

「中国企業は国内の銀行からお金借りやすいってんで、ハチャメチャ借りてますからね。で、その大部分は現金ではなく土地になっている。銀行に今月分として一部返済しようにも土地が売れないとやばい状況なんです」

「やばいのか」

「やばいですよ。ちょっと様子を見ようかって皆が思った時点で売れなくなるわけですから。このままでは工場は借金返済できずに潰れますね。銀行の管理下で操業続けるとかならいいんですが。そもそも主力はアメリカへの輸出でしょうし、それはこれから細るんで……」

取引先の財政の健全性を細かくチェックしてなかったと言えばそれまでだが、国は違えど数年ずっと一緒にやってきた安心と信頼があったのは確かだ。それがこうなるとは……状況が激変した、としか言えない。

鮎喰は顔を上げた。

「別のところに生産委託できないか今からあたりますが、覚悟はしといてください」

「どんな覚悟」

「借金だけ残るかも」

鮎喰の言葉は午後一杯をブルーにするのに充分だった。参った。

半金で中国の工場に出しているお金は五〇〇万円ちょっと。これが焦げ付いても個人的な貯金が一〇〇万円くらいはあるからそれでどうにかは出来る。問題は商品がない、ということだ。売るものがなければ空転するしかなく、空転の間は資金が減り続ける。

それでもひと月、ふた月は持つだろう。だがそれでは冬のコミックマーケット、日本最大の同人誌販売イベントに売るグッズが間に合わなくなる。年の売り上げの半分近くをこのイベントで、言い換えれば一二月の末の三日間で稼ぐ高野の会社では、ここを逃すというのは非常に危険、いや、確定的に潰れるような話だった。

五〇〇万円は捨ててもいいが、ひと月は捨てられない。時間と金は両輪だ。鮎喰と一緒に同業他社と連絡を取り合って、受注可能な工場やそのラインを融通してもらえるよう交渉する。

鮎喰はさておき、去年入ってきたばかりの部下には見せられないせっぱ詰まった状況だ。帰してよかった。鮎喰の判断は正しい。

電話、話、断られる。ですよねー。数回繰り返して焦《あせ》りだす。

工場というものは、そうそう簡単に押さえられるものではない。普通に考えて行き来して挨拶して打ち合わせて契約してという行程がある。土台無理か、いや、だがしかし。

五件目の電話がダメだった後、別の手はないかと考えだした。

今回の冬コミは捨てざるをえない。運転資金を借りて役員報酬返上してあたる。それでも穴は大きい。いや、そもそも、この世界的不況が襲いかかる状況で誰が貸してくれるかと頭を抱えた。昨日から一睡もしてないのに眠気は来ず、朝のこともすっかり頭の隅に追いやられていた。

知り合い全部に電話をして全部不調に終わった夕方、これは廃業かという思いが頭をよぎった。中小企業は一瞬で消滅するものだ。いや、まだ終わってない。

でも、とりあえずは、寝る。寝ないと無理。

ふらふらになって事務所のある練馬のマンションの玄関を出る。廃業か、廃業以外はないか。

「嘘つき」

嘘つきで廃業。いや、混じった。振り返った。嘘つきと言った、長い髪の女がいた。睫が長い。顔色は、朝見たとおり桜色だった。やあ、それだけで充分可愛らしく見えるものだ。高野は眠い頭で、なんと言おうか考えた。

「嘘つき」

再度、妙はそんなことを言った。服装は気合いの入ったハイブランドを取り入れつつも嫌味にならないおとなしめのベージュ基調のコーディネイト。スカートの丈が長いのは、季節的に仕方ないにせよ若いのにもったいないとは思ったが、よく倒れることを勘案するとああなるのもうなずけた。化粧はあまりしておらず、これはちょっと、意外だった。思っているよりさらに若いのかもしれない。長い睫毛で武装した目は半眼で責めるかのよう。元気だったら走って逃げ出すところだったが、もうそんな元気も残っていなかった。

「嘘つきって何？」

「ニートじゃなかったんですね」

「誰がニート」

「高野さんが」

「そういう話とかしたっけ」

「母はそうきいたと言ってました」

普段絶対にやらない動作。頭をかく。眠い。

「説明が面倒だった。で、どうしてここに？」

「病院で連絡先書きましたよね。それ聞いてやってきました」

「なるほど。何しに？」

「お礼を言いに」

たばこが吸いたいと思った。その程度には頭がいらいらする。いや、気分がいらいらだろうか、もうこの際そういうのはどうでもいい。たばこだ、たばこ。しかし身体が丈夫でないというか、病気持ちの前でたばこを吸うのはどうかと思う。眠い。

こういうとき、不意に目が覚めたと思う瞬間がある。高野は目を開いて妙を見た。

「お礼はいいよ。元気そうでよかった。じゃ」

「待ってください」

高野は無視して歩いた。無視したつもりはあまりなく、とにかく眠かったから結果そうなっても致し方ないとは思った。歩きながら眠れそう。

随分かかって桜並木の川縁の公園の中を歩いていた。振り向く。まだ妙がついてきていた。妙は息が切れている。両手に一つずつハイヒールを握っている。

「まだ何か」

妙はなぜか、背筋を伸ばした。

「訂正します。お礼を言うんじゃなくて、お礼をしにきた。です」

それに何の違いがあるんだと。いや、本気で眠い。廃業しそう。しかし口にすることははばかられた。昔、マンガで言ってた。弱音を吐いちゃダメだ。その通り。吐いた弱気はすぐ形になって信用を壊す。大人になってわかる昔のマンガの偉大さよ。

ため息。気持ちを入れ替え、妙の方を向いた。

「どんな違いが？」

「口だけではないってことです」

この人はなんで偉そうなのか分からない。若いからか、三次元星人だからか、それとも別の何かがあるせいか。

高野は妙の顔を見て顔を傾けた。

「たとえば？」

「高野さんが倒れたら看病してあげます」

意味がよく分からない。眠気を払うように手を振った。

「人から不思議ちゃんって言われることないか？」

妙は顔を真っ赤にした。どうやら図星、それも本人はいたく気にしていたらしい。悪かったと思ったが時既に遅しというべきか、三次元星人は難しい。しかし眠い。眠いどころではなく、キツイ。いや、ヤバイ。目の前が暗い。そろそろ夜だから、ではなく。

「いかん。もうダメだ。寝る。すまんがこの電話で鮎喰くんを呼んでくれ。ネタの使用料でお礼の件はチャラにするから」

そう言ってごろ寝禁止用に真ん中に肘掛けがついているベンチに腰掛け、一秒で寝た。意識が断線する。

目が覚めたのはどれくらいの時間がたってからか。まだ夜だったのは幸いだった。鮎喰の顔が見えるかと思ったらなぜか妙が横に座っていた。

こういうとき、なんと言えばいいんだろうか。やあ、それとも、ぎゃー、すみません？　とりあえず伸びをして、考えた後、きりりと言った。

「よく会いますね。本日三回目？」

妙は長い睫毛を揺らして怒っている。指をさして言った。

「不思議ちゃんと言う方が不思議ちゃんなんです。知ってました？」

「声優ネタなら詳しいですよ」

「誰が声優の話をしました。あえて言いましょう。あなたが、あなたこそが不思議ちゃんです」

自信満々と怒りのアフガンが半分という感じで妙は言った。

いや、バカと言う方がバカというのはかつての大声優の言葉でなと解説しようとして、やめた。腕時計を見る。午前二時。いかん。寒さでよく目覚めなかったなとも思ったが、それどころではない。

「鮎喰くん呼んだら帰って良かったのに」

「お礼すると言いました。それに、勝手に携帯の中身見るとかありえなくないですか」

ジェネレーションギャップという奴か、そういう若い女の感覚が分からない。

「本人の許可つきだよ。それにそんなこと言っても、こんな時間になるまで付き合うことはないだろう」

財布から一万円を取り出す。

「はい。これで右手をあげるとどこまでも連れてってくれる車に乗って家に帰るんだ。森へお帰り」

「なんでタクシーって言わないんですか。それとお金を渡すのは失礼だって思いませんか。森ってなに」

「飲み会で酔いつぶれた娘がいたらこれで解決してますがなにか？」

「私は酔いつぶれてません。つぶれてたのは高野さんです」

互いににらみ合った。どうも馬があわない。

「そのやり方、間違っています」

妙は横を向いて言った。高野は対抗上反対側を見た。

「家に送ると称してついていく方が間違っている。いや、間違える！」

「間違えるんですか」

「いえ、間違えませんが」

妙は下を向いた。何が面白かったのか、我慢している様子。あ、そこで笑うんだ。予想外の反応だった。

調子が狂う。三次元星人ともやりとりできそうで怖い。いや、とはいえ話題は続かない。何を話せばいいものやら。

「ところでバブルって知ってる？」

立ち上がりながらどうにかこうにか話題をひねりだす。体が固い。準備運動。お金にまつわる話は、老若男女わかる話題だろう。だから骨董品に値をつける番組や値段をあてるテレビ番組は長寿を誇る。

お金の話で場を持たせつつタクシーで送って事情を話して電車で帰る。これが一番出費が少ない。一人で帰ってくれるのが一番よかったが。

「泡沫ですね」

「いや、経済事件だけど」

「ああ、バブル経済。……小学生だったんでよく知りません」

高野が高校を卒業するくらいの年にバブルははじけているから、たしか一九九一年かそこらのはず。その時小学生ということは今何歳だ。

額に手を当てた。

「え、何年生まれなの？」

「八四年ですが何か」

「八四年って平成何年？」

「昭和五九年です」

「俺も昭和だ！　なんだ、大まかに言って同年代だね」

いい笑顔の、妙。

「ええ、まあ。高野さんって、面白いおじさんですね」

老いを感じたり、そこから結婚、育児、そして伝説へ……を考えたりしだした高野にとって、その言葉は禁句で図星、いたく気にしていた言葉だった。やられた。というか、やり返されたかと妙を睨《にら》みつけたが、妙は不思議そうな顔をしている。これだから不思議ちゃんはいけない。

怒りのまま、高野は右手と左手を同時にあげて身体の前で回してみせる。

「これが今年の仮面ライダーの変身ポーズだ」

反応に困っている。高野はさらにポーズを変えた。

「そして、これが去年の変身ポーズだ？」

「え、え？」

「つまり俺は若い。フレッシュということだ！」

「はん。不思議ちゃんですね」

海老反りからの銃弾を複数受けたようなポーズで五体投地よろしく高野は倒れた。ダメだ。やっぱり三次元星人とはわかりあえない。あるいは相手が女だからか。まあいい、もう、どうでもいい。疲れたよ、パトラッシュ。

「パトラッシュってなんですか」

倒れたままの自分の横にしゃがみこんで、妙はそう言った。不思議そう。追い打ちかよちくしょう。

「気にしてはならぬ」

「そんな感じでよく社会人出来ますね」

あきれた様子の妙。高野は起きあがった。まあ、彼女を送って寝直そう。会社つぶれたら修行僧になってもいい。

「誰にでも出来るさ。社会人なんて」

「え？」

会社つぶすような自分でも出来ると思いながら言った。何気ない一言だったが、妙には違ったようだった。

高野が見る前で、横を見て、下を向いて、最後に笑った。

「……誰でもできるわけじゃないと思いますよ」

どういうことだろう。だが、聞きそびれた。妙が立ち上がったからだ。そのまま歩いて帰ろうとするので呼び止めて、送ると言った。明らかに妙は調子を悪くしていた。

「家はどこだい」

「奥多摩です」

東京というよりほぼ秘境の奥地である。ここからだと随分かかる。あれ、タクシー代一万円では足りない。二万円くらいか。行ったことがないので見当もつかない。それにしたっていつもなら数万円笑って出せるが、会社が明日をも知れぬ運命となると、その出費がなかなか怖い。

「遠いな」

「そうでもないですよ」

住民がそう言うなら確かかもしれない。高野はそれについてはそれ以上言わず、二万円の出費をきめた。

「まあ、うん。タクシーで送る」

「いいですってば」

妙は体調も良くなさそうだが機嫌も良くない。それでいて歩いていこうとする。高野は彼女の母を思った。親っていうのは大変だ。追いかける。

「良くない良くない。また調子悪くしたらどうする」

「大丈夫です。慣れてますから」

こっちを見ずにそう言う。心の地雷でも踏んだのだろうか。まさかの仮面ライダーは昭和に限るという原理主義か。だとしたら、この状況もわかる。いや、まて。昭和五九年で原理主義はないか。

「分かった。ゼクロスだな」

「意味がわかりません」

「……いや、だから送るよ」

「だから慣れていますって」

「俺が慣れてない」

妙は立ち止まってこちらを睨んだ。怒った顔は、思ったより綺麗だった。

「変身でもしていればいいんじゃないですか」

「なんでキレてるんだ」

「キレていません」

公園を出て道路まで。あれいつの間にか俺の方が追ってるぞ。たまに走る車のライトに照らされる妙の睫毛が揺れている。

「抑制がうまくいってない。そういうのをキレるっていうんだ」

そこまで言っておいて再度睨まれていることに気づいた。涙まで浮かべて本気で怒ってるように見える。

「誰だって社会人になれるって言ったじゃないですか!」

「え、それ?」

それでなんでキレる。キレる若者が問題になる昨今、確かにこれは問題だと高野は思った。思ったが、手を離したコンパスが倒れるかのように妙が倒れたので、それどころではなかった。倒れ落ちる前に抱き留めたのは老化が始まった割に上出来とも言えた。意識がない。急いで病院へ。まさかの二日連続病院。妙の母に電話しながら、このネタの天丼、すなわちかぶせ具合はおいしいと思うべきなんだろうかと考えた。

前回は新宿の病院だったが、今回は落合の病院だった。さして大きくもない個人経営だが、練馬に多く住むマンガ家がよく運ばれてくるので深夜でも対応が良かった。新宿ほど急患も多くない。

二回目は、少し慣れた。薄暗い深夜の待合室で椅子に座って腕組んで仮眠できる程度には慣れた。始発が動き出してしばらくして妙の母がやってきた。時間からして電車ではないだろうから、自動車かなにかを運転してやってきたのかもしれない。

疲れた顔を見て、戦友に再会したような気になる。

「すみません、今日もこんなことに」

「いえいえ、高野さんも連日ありがとう」

「いや、それが、僕にも原因がありまして」

自分が寝落ちしたというか、ベンチで寝たことと、妙がついていたことについて話をする。話をしているうちに、妙の病気のことを思い出し、こんな状態ではまともな社会生活を送れないであろうことに気がついた。

それで、誰でも社会人になれるという言葉に怒っていたのかと、高野は今更納得した。

納得した後、悪いことをしたという気になった。

「どうしたの？　高野さん。手で目を隠したりして」

「自分が悪いことをしたことに気がつきました。誰でも社会人にはなれるとか、言ってしまったんです」

「気にしないでも」

妙の母は笑った。

「ニートでも社会人になれるって程度で言ったんでしょ」

「まあ、ニュアンス的にはだいたいそうです」

「そんな小さなこと気にしていたら、普通の社会生活なんて送れっこないわ」

どこか突き放したような、そしてその通りの言葉。妙の母は堂々とそんなことを言った。

睫毛が長いのは遺伝したんだろう。

それはそれとてうなだれる。妙を泣かせたのは悪かった。人間、小さなことをおざなりにしてはいけない。疲れていることは言い訳にもならぬ。

「えーと、実は僕、ニートじゃなくてですね」

「あら、そうなの？」

「実は会社経営してまして。いや、社員三人なんすけど」

「あらまあ」

「いやー。コミケっていうオタクのお祭りでちょっと稼いだんで、それをつっこんで会社作ってたんですよ。説明が面倒だったんで適当に言ったんですが、いや、それでさすがに働かないわけにも示しがつかないので寝ずに仕事してたんですよ。そうしたらこんなことになってしまってすみません」

「なるほど。何年くらい経営されていらっしゃるの？」

「二七の時ですから、もう八年ですね」

「ふむふむ、三五歳と」

え、そこ？　と思う間もなく、妙の意識が戻ったと連絡があった。今度は一緒に彼女を見に行った。

妙は自分の顔を見た瞬間、顔を赤くして全力で横を向いた。あらあらと言う母の横で、昨日の土下座とはえらい違いだなと思った。

だがまあ、そっちの方が可愛くも見えるもので、いや、しまった、キラキラ星の住人たる二次元星人の俺が三次元星人にときめくとは。

「妙、高野さん会社社長だって」

「そう、嘘つきなんですこの人」

「いや、説明が面倒くさかっただけで」

三人が三人とも微妙に嚙み合わないことを口にした。

互いに譲り合い、高野がまとめた。

「説明を端折っただけで俺は嘘つきじゃない」

「嘘、うそ。大嘘つき」

「あらあら、もう仲良しなのね」

このやりとりでそう思える妙の母は大物だ。妙は涙を浮かべて横を見る。高野は何かを言い掛けてそれがアニメの言葉だったことに気づき、黙って頭を下げた。自分の言葉でしゃべらないといけない。

「嘘つきじゃないが、迷惑をかけてすみませんでした」

腕時計を見る。状況的に遅刻できるような感じではない。顔を上げる。

「ということで会社にいってきます」

「毎日ありがとう」

妙の母は妙に泣きながら抱きつかれて微笑みながら言った。高野は頭を振って、妙が子供っぽいのは病気のせいかと考えた。いや、設定の全部をミノフスキー粒子のせいにするのも最近のアニメではあまり見ない。つまりリアルではない。

「いえ」

それだけ言って病院を出た。酷い目にあった。いや、酷い目だろうか。

歩いて会社に向かう。酷い目には違いない。だが、まあなんだ。三次元もいいな。

婚活二日目にしてこの状況、きてる。俺に風が来ている。

錯覚すらも力に変えて、高野は会社倒産の危機を乗り越えようとした。否、今まで数々の危機をそれで乗り切ってきた自負もある。会社に戻り、テレビニュースを見ながら生産委託先を探そうと覚悟を決めた。

ニュースではリーマンショックの余波でヨーロッパとアメリカの銀行が次々国有化されていることを告げている。アイスランドに至っては全銀行の国有化、アメリカも過半が国有化するような状況だった。ベルリンの壁が壊れ、社会主義国が総倒れになったと思ったらこれだ。日本以外全部社会主義国真っ青の銀行国有化に入っている。アメリカでは自動車会社まで国有化しそうな勢いだった。

こりゃ大変だ。アメリカの消費は落ち込み、世界の工場である中国は余波を受けて停止するだろう。そうして次々と連鎖した先は世界的な大惨事だ。日本は大丈夫か。滅ぶとまではいわないでも、バブル崩壊後の就職氷河期を凌ぐ状況だってあるかもしれない。

しかし、金融機関がつぶれるとは一体どういう話だろう。パソコンで検索をかけて情報を集め始めた。画面を見て腕を組む。

金融機関は金融商品を買って商売に励んでいたらしい。金融ってそもそもなんだ。金融商品って、と首をかしげた。

鮎喰がのんきな顔で出社してくる。ストレスためすぎて壊れたかと高野は思った。こういう時こそ、俺が支えなければ。ん、経営者は俺か。じゃあこの場合はどう言えばいいんだ。いや、だが今日の俺は風が吹いている。事前にチェックした業者のリストを机の上から取り出した。

「今日はここからここまで電話しようと思うんだが」

高野はきりりと言った。鮎喰は気の抜けた顔で眼鏡を指で押している。

「あ、大丈夫ですよ。元の工場がやってくれるという話になりました」

高野は派手に倒れた。オタク文化が分かる社員達の前では、思いっきりアクションできるのがいい。

「何がどうしてそうなったん」

笑う気の抜けた鮎喰。

「やあ、それがですね、中国政府が大規模に動いてまして。ニュースではあんまりやってないみたいですが」

高野は起き上がった。

「そうなのか」

「ええ。果断にして速攻ですね。発表が昨日の夕方で今日にはもう」

指で右から左と示しながら、鮎喰は言った。そうか、そうなのか。でも、それはどんな凄いプレイだったんだ。

「えーとうちの抱き枕を救済？」

「いや、自分ところの工場と、なにより労働者ですよ」

「そりゃあそこは社会主義国だからな。んで、どうやって守ったんだ」

鮎喰は目を細めて電話のメモを見た。

「緊急の景気対策として大規模な金融緩和に踏み出すと発表して即日行動をはじめてまして」

「おー」

「それで融資がまとまって向こうの工場にもお金が入って、倒産回避となりました。うちも連鎖で助かりました」

「よかったよかった」

他に言いようがない。パソコンの窓を閉じて、いつものアニメの画面にした。鮎喰は笑っている。

「ええ。ひとまずはこれでどうにかなりましたよ」

「んで、金融緩和ってなんだ」

「金融が緩和したんじゃないですかね」

笑顔はさておき鮎喰の反応は冷淡だった。興味ないらしい。彼はもう、普通の顔で仕事している。自分も仕事に戻ろうとしたが、気分的に乗れず妙に高ぶったテンションのままで、仕事にならなかった。小さいとはいえ、経営者。経営責任というのがあって給料貰って働くだけの社員とは違う。その経営責任を、昨日思いっきり突きつけられた感じだった。ため息。気分転換のため外に出る。いつか寝た公園のベンチに座って、再度ため息。今更、すごいプレッシャーの中にいたことに気づいた。昨日まで普通に仕事していたのに、明日は失業で借金だけ残る話もあったわけで、お金って怖いなあである。

金融というものを勉強しないといけないなと、三五にしてそんなことを思った。いやもう、本気で。そして全力で。

メールを見る。例によっていつもの教えてメールがきている。

〝金融って何？〟という質問。

高野は少し考えて、俺が知りたいと返事した。

こういうメールは返信したが最後、ローンとか風俗を宣伝するいわゆるスパムメールがたくさん来るという話だが、うっかりやってしまった。まあ、そういう時もある。世界中を巡るメールのうち、少なくない割合のメールがこういう、スパムメールらしい。

そういえば、あの娘の連絡先を聞いてない。高野は今更惜しいことをしたと考えた。いや。人の弱点につけ込むみたいでいやだな。

金融の勉強と婚活をやろう。立ち上がり、携帯の着信に気づく。またメール。

〝金融は俺が知りたいでない可能性が高い〟

ですよねーと考えて、あら、スパムメールでなかったのかと、そんなことも思った。味も素っ気も飾り気もないメールだったが、実のところ先方は真面目にメールしていたらしい。相手は誰だろうと思いつつ、いい機会なのでちょいと調べようと考えた。調べるうちに仕事のやる気も戻るかもしれない。携帯電話をいじってネットで検索。

金融とは、お金の融通の略。

融通ってなんだと、メールみたいなことを考えてこれも検索。インターネットの辞書を見る。

融通とは、お金をやりくりして貸し借りすること。次。その場その場の適切な処理。とある。なるほど。金融と融通はほぼ同じ意味か。んじゃ、金融緩和はなんだ。お金を貸し借りすることを緩和してどうする。緩和について調べると、厳しい状態を和らげることとある。だとすれば金融緩和とは、お金を貸し借りする中で厳しい状態を和らげることになる。

まあ、お金を貸したり借りたりしにくい状況で政府がこれを和らげるという話なら、自国企業救済という意味でいたって普通の話ではある。それで工場はつぶれずすんで、うちもどうにか助かった。中国さまさまだ。中国は具体的になにをして緩和したんだろう。

今日の勉強をまとめて、メール送信。これならどうだという気になる。ちょっといいことをした。中国が具体的になにをしたのか、そのうちニュースで出るといいなと思いながら、職場に戻る。その後は冬の新商品企画について打ち合わせを行った。いろいろ気になることはあるのだが、仕事をしないと生きていけない。金銭的な意味で。

廃業するかもしれないというショックで家出していた自信がそろそろと身体の中に戻ってきたのは、仕事を終えた夜一〇時頃だった。

オカマバーで飲んで帰るか、自宅で料理するか。悩みながら会社を出て、マンションの階段を下りる。エレベーターを使わないのは健康のためなのだが、徹底してないことに自宅は会社のすぐ近くにしていた。歩く距離は、ひどく短い。

いっそ同じビルにしたいと思ってはいるのだが、空き室がなかなか出てくれなかった。

玄関を出る。予感というよりは願望まじりに振り向いた。玄関の壁に背を預けていた妙を見て、ちょっと楽しい気分になった。願望はかなった。

「よく会いますね」

「昨日はたまたま調子が悪かっただけです」

妙は言い訳から入った。高野は顔を眺める。調子は特に悪くなさそう。

「まあ、夜中まで俺のそばにいてくれたからね。俺が悪かった」

「私の体の調子まで自分のせいにしないでください」

調子はともかく、まだすねている。どう言おうか。いや、どうすれば傷つけないでいけるか。

「迷惑かけたと言ってるんだ」

「迷惑なら私も盛大にかけてます」

妙はそう言って落ち込んだ風。いわゆるオウンゴールだな。いや、だが試合はまだ分からない。

「あー。迷惑かけるのはいいんじゃないか。生きているということは誰かに迷惑をかけるということで、それはきっと、悪いことじゃない」

「それ、アニメか、なにかでしょうか」

高野は少々恥ずかしくなりつつうなずいた。普段オタクであることに自信をもって生きているが、妙に指摘されると、ちょっと恥ずかしい。

妙は唇をとがらせている。

「やっぱりニートなんでしょ」

「違う。そしてニートだって生きているんだ友達なんだ」

「歌わないでください」

え、そこはそういう反応？　妙は恥ずかしそう。意味が分からない。いや、笑いのツボがわからない。笑ったら、それはそれは可愛かったんだが。

えー。と、目線を上にやる。考える。正直に口にすることにする。

「笑った方がいいんじゃないか」

「はぁ？　そんな顔で女たらしですか」

「バカを言うな。オタクは女っ気だけでも生きていける」

つまり実体はいらない。女っ気があるようなアニメ、マンガ、ゲーム、抱き枕があればよい。

きりりと言ったつもりだったが、婚活に走っていた手前、説得力は自分で言ってもなかった。微妙な間にあやまろうかと思いつめたあたりで、妙が横を向いた。

「一人じゃ寂しいと思いますけど」

どうとればいいのか、分からない。アニメにも前例はない。高野は動揺した。意外にそう、難しい。いや、簡単そうにも見える。具体的にいうと、さすがの自分も好意をもたれているような気はする。少しだが。あれ、三次元簡単？

「そ、そうか。いや、そうかも。まあ、うん、そうだ」

「一般論、ですよ」

目を細めてそう言われ、高野は別人のように落ち着いた。自分のことでなければオタクはいくらでも冷静になれる。

「ああ、もちろん一般論だとも」

「ええ、一般論です」

その割に横を見ながら言う。よく分からない。いや、面倒くさい女であるのは分かる。いや、だがそれがいいのかも。世の三次元星人はこんなに可愛いのだろうか。いや、三次元に毒されつつあるな。

「しかし、なんで今日もここに？」

「お礼をしに」

「嬉しいが、時間遅くないか」

「夕方にはいました。そもそも昼は仕事みたいじゃないですか。疑惑の仕事ですけど」

「アニメのグッズ関係を作ってる」

「いやらしいのですか」

「少しいやらしい、ですが何か」

「やっぱり」

「なにがやっぱりか分からないが、違うからな。家に送る」

「あ、もう、バスないんで、今日はどこかで過ごします。連日ありがとうございました。それだけです」

颯爽と去る妙を捕まえた。高野は捕まえてしまった。捕まえる以外にあっただろうか。目があう。妙の睫毛は長い。いや、それがどうした。俺の唇は厚いぞ。

「いやいや、それでバイバイできるわけないだろうが」

「私のこと好きなんですか？」

三次元にはフラグという概念がないらしい。思わず動揺した。浮き足だった。二日連続病院に連れて行って恋に落ちるというのはどんだけチョロいんだ俺とかそんなことを思った。いやまて、そもそも相手は、妙はどうなんだ。気があるとか、いや、二日連続で病院に連れて行かれるだけで恋に落ちる女はいないだろう。あれ、ループしてる。そもそもどういう話だっけ。

「い、意味が分からない」

結局それだけ言えた。妙は横を向いた。

「じゃあ、ほっといてください」

「いやいや、ほっといたらまた倒れるだろうが」

離れようとする妙に追いかける高野。車道から見れば踊っているように見えなくもない。もっとも高野自身はそれを素敵とは思わなかった。そもそもほっといて欲しいなら、こんなところに来なくてもよかったはずだ。とはいえ構ってちゃんにも見えない。難しい。目を凝らす。妙は怒ったりしょげたりを高速に繰り返している。なにも考えてない、いや、自分でもよく分かってない様子だった。

「とにかく、ほっとかない」

「別に、昨日今日はたまたま調子が悪かっただけです。たまたまです。それに高野さんだけが私を介抱してくれるわけじゃないですし」

「いや、ろくでもないのがいるかもしれないだろ」

妙は横を向いた。言い返せなくなるとすぐに横を向く。畳みかけるよう言葉を続ける。

そう、俺は年長者。

「そもそも介抱されなかったらどうするんだ」

「じゃあ、ずっと病院で寝たきりになれと言っているんですか」

「そんなことは言ってないだろ」

年長者ごっこやめ。妙の細い肩をつかんで揺さぶった。

「もう少し、自分を大事にしろって言ってんだ。分かったか」

妙は下を向いた。

「リスクを避けて得られるものは少ない」

つぶやくような言葉だったが、みょうにはっきり聞こえた。とはいえ、良い言葉とは思えなかった。ギャンブラーみたいだ。

「そんなアニメはしらん」

「アニメじゃありません」

「そしてアニメやマンガ、ゲームでなければその意見に敬意を持つ必要もない。いいから、こっちに」

「こっちに連れて行ってどうするんですか」

歩きながら考えるのが自分だと思っている。女連れでなければ走りながら考えるところだ。それで人生何度も間違えているが、今更変えられない。それに、結果論だがうまくいってる。

歩きながら考え、口を開いた。

「それは考えてなかった。とにかくお前、あんた、君、とにかく身体の負担が少ないところに。あー。とりあえず食事はどうだろう」

「おいしいものなら。でも油っこいのはダメです。辛すぎるのもダメ、野菜は多めで」

「ラーメン？」

思いついた言葉だったが、目を細められた。ちょっと鼻で笑われた。

「高野さんって庶民的なんですね」

「零細企業をなめるな。昨日今日は廃業の危機だった」

「ニートになればいいんじゃないですか」

「なってどうする」

「それは」

横を見る妙。体を動かして妙の顔の前に立つ。妙は睨むように目を細めて口を開いた。

「遊びにいってあげます」

「誰が」

「私が」

抱き枕一つを作るのに何百時間も繰り返し視聴してキャラ性をつかみ続けた結果、立ち絵を見てメインヒロインかどうか判断できるほどに分析力を高めていた高野だったが、三次元は勝手が違った。妙の言動を見通せなかった。見通せなかったから頭が真っ白になり、言葉に詰まった。

やっぱりこれは、好かれているということでいいんだろうか。いや、まさか。

「ああ、ええと」

「一般論です。あくまで」

「いや、一般論ちゃうし」

妙は笑った。高野は顔を少年のように赤くした。

「だーかーらー。そこで笑うな」

「今日笑ったのは初めてですけど？」

「笑いのツボが見えない」

「目、悪いんですか」

「頭ほどじゃない。えーと、ニートにならないでも遊びにこれるだろ」

妙は横の横で正面を向いた。

「仕事の邪魔になります」

高野は動いた。妙の正面へ。

「世の中には土日というものがある」

今日は金曜である。

「零細企業にもあるんですか」

「八割くらいは」

顔を動かさず、目だけをさまよわせる妙。

「どうしようかな」

「どうしようって」

「私、仕事しない人が好きなんですよね」

「主よ、ここに天使がおります」

「アニメですか」

「マンガです」

「バカにしてるでしょ」

「いや、特殊な性癖だとは思ったが。バカにはしてない。今いろんな人が救われた気がする」

「そうですか？　こういうの普通だと思いますけど。母もよく言ってます。仕事に亭主をとられるなって」

そこのところが、よく分からない。父は真面目で忙しくなれば休日出勤も辞さない工員だったが、自分はそれを素直に尊敬していた。

「でも、仕事しないと食えないだろ」

「食べる分以上の仕事ってことです。ああ、もういいです」

「なにが」

妙は横を向いた。この件で言い争いはしたくないようだった。

「ラーメンで手を打ちます」

「ラーメンは冗談だ。深夜営業の店がある。新宿だが」

「高級店は嫌いです」

「注文多いな」

「買うまでは」

妙ははっきり言った。よく分からない。高野は首を傾けたが、とはいえ何でもわかろうとは思わなかった。まあ、食い物と休息だ。

「いいから座って休めるところを。今日は病院に行かないようにしよう」

「高野さんって親切ですね」

妙はこちらの様子をうかがっている。眉をひそめた。

「怒りました？」

「いや、自分でも驚くほど親切だなと思った」

なぜか妙は小さく深呼吸。上目遣いで、そっと口を開いた。

「なぜ？」

二秒考え、横を見る。ああ、車道がいつも通りだ。

「わかるかー。いいから」

「高野さんって、度胸ないですね」

「オタクにいるか、そんなもん」

「リスクをとらないと得るものはすくないんです」

「小説は読まない主義だ」

「父の言葉です」

「わかるかーい」

妙は笑った。

それで結局、食事をし、なんというか、そう、うっかり手をつないで自宅に帰った。手をつないだのはどこかに逃げそうだったからで、自宅に押し込めたあとは、事務所に帰ってアニメを見ながら寝た。あってよかった仮眠スペース。

どうしてこうなったと考え、手をつないだ感触を寝袋の中で思った。寝袋が鮎喰くさい。いかん。これはやばい気分になる。

朝になり、普段やらないジョギングする。意味も分からずコースも考えずに走った。まるで中学生だ。三五歳にしてこれは恥ずかしい。恥ずかしいのか？

ともあれ、彼女を家に送り届けよう。ついでに申し開きの一つも必要だ。彼女のために。女は何時くらいに目が覚めるんだろうかと考えて、一応余裕を見て九時過ぎに迎えに行った。家はなぜか大掃除中で、鼻と口に布を当てた妙が新聞紙と輪ゴムと魔法少女の杖を組み合わせてはたきを作ってかけていた。

それは、昔涙を呑んだ当時定価五一〇〇円の魔法の杖。会社社長になってネットオークションで競り落とした超美品。それが、は・た・き。

「俺の魔法杖が！」

「もう少し綺麗にしておいた方がいいと思いますよ」

高野は崩れ落ちた。そのピンクでハートの杖には、ダスキンのホームクリーンサービスが一〇回位使えるくらいの金が、いや、夢が詰まっていた。封をあけてそうなってしまっては、夢が、ああ、夢が。

「落ち込んでますか」

「現実に夢が負けた」

「掃除がですか？」

妙はきっちり掃除し、朝食まで作った。朝のうちに買い物までしてきたらしい。コンロ一個しかないのによくやるなあと高野は思ったが、変わり果てた魔法杖に涙が落ちるのは止められなかった。こんなに悲しいのは去年最高のアニメの最終回を見たときだけだ。

きんぴらに、卵焼き、ほうれん草のお浸し、タマネギとジャガイモの味噌汁。

高くつく手作り料理だ。高野は静かに食べた。うまい。

「会社、潰れちゃいました？」

正面に座る妙が気遣うように言った。

「いや、別に。中国に助けられて」

「中国ですか」

「ええ。中国」

湯気のあがる味噌汁に、自分の目が映っている。うるんでるぜ、お前。まあ、そういうこともある。

「残念、ニートになるかと思ったのに」

妙は静かに食べながら、独り言のように言う。

気分を入れ替えて顔を上げた。まあ、会社が潰れるよりいいよな。うん。大丈夫。金があれば少年の日の夢は、また買える。

「ニートて。たとえ今の会社を廃業してもダメだろ。働かないと生きていけないんだから」

「程度の問題です」

なぜ妙はそこまで男が働くのをいやがるんだろう。食わせてやるというほど、丈夫でもなさそうだが。そうお浸しを食べながら考えた。実家の母の味とは違う。お浸しでも家の差はあるんだなあ。

「今日は土曜だ。家まで送るよ。お母さんに挨拶しないといけないし」

「リスクはとらない方だと思いましたけど」

「意味がわからないが、リスクなんて考えるのは柄じゃない」

「そうですか」

「不機嫌か？」

妙は少し笑っている。

「別に？」

妙という生き物は複雑だ。単純なようで複雑で、複雑かと思うと単純だ。ネットオークションで買った魔法杖や会社経営に似ている。死ぬときは突然死にそうなところとか。

目の前でのんびりご飯を食べる妙が死んだらイヤだなと思った。二度倒れられているのに、初めての気持ち。

「どうかしましたか」

「倒れるなよ」

妙は恥ずかしそう。

「大丈夫です。ただ、食休みは要ります」

「分かった」

何が分かったかは自分でも分からないが、一時間ほど休んだあとで、妙を家に送り返すことにした。名残惜しい気もするが、魔法杖の弔《とむら》いもせねばならぬ。

会社の荷物を運ぶ軽トールワゴン車の助手席に妙を乗せて奥多摩まで移動。自家用車登録なので普通の黄色ナンバーである。会社名も何も書いてない普通の軽自動車だった。もっと大きな車にしなかったのは、搬入先のイベント会場が広いとは限らない理由による。

「デートカーじゃないんですね」

「なにそれ、こわい」

妙の反応に、オカマバー仕込みの甲高い声でそう答えた。妙は楽しそうに笑っている。あまりに楽しそうなので、うっかり唇にキスしてしまった。シートベルトをしようと思っていたのに。

「今しまったと思いました？」

しまった。と思ったが、妙は存外嬉しそう。

「あ、はい。思いました」

正座するくらいの勢いで言った。妙は唇に手を当てて笑ってる。

「どうせこうなら、昨日のうちにリスクをとっておけばよかったんじゃないですか。チャンス逃しましたよ」

「そんな度胸あるかーい。それに、あー。今日だけってことはないだろ」

「いや、それが、私の場合明日がどうなるか分からないので」

妙は困ったねという顔でそんなことを言う。困ったのは高野の方だった。

「そんなに状態悪いのか」

「いえ、生まれてずっと低空飛行です。地面すれすれ」

「死なないで欲しい」

「どうしようかなー」

シートベルトをはずして、パーキングブレーキをかけたあと、妙を抱き寄せた。

妙はどこかを見た後、長い睫毛を伏せた。

「努力しますけど、今度からは明日より今日の方向で」

「リスクをとる、だな。分かった」

人生ハードモードだなと思いながら、もう一回キスをした。

婚活一日目で階段の隣に彼女が座ったのが運命だったと思うことにした。この際婚活はどうでもいいが、彼女が横に座ったのは運命だろう。

埼玉に行くより長い時間をかけて奥多摩へ。右も左も山というか、森に入る。ここは東京とは名ばかりの場所。かつて昭和三〇年代には林業で栄えたとかいう話だったが、少子高齢化によって集落はほぼ消滅という有様である。

季節的に紅葉があるかなと思ったが、杉ばかりだった。つまり風景はあまり面白くない。

最後のスーパーを越えて車で五〇分。河を越えて山の下のロータリーにつく。ここはバスの発着点らしい。崖崩れを防ぐためか、ネットにコンクリートで固めた山肌の下にはバス以外にも何台かの軽自動車が停まっていた。

車で行けるのはここまで、車はそこらに停めていいという説明に唖然としながら車を停める。

「あの、路駐なのもなんなんで、駐車場は？」

「都心と一緒にしないで」

わーお。

いやー空気いいわー、健康になるわー。いや、ここが東京だなんて誰がわかるんだ。車を降りて、高さにして一〇〇mほど山を登るという。モノレールというには貧相すぎる地上から一mほどのアルミレールがあって、その上にオープントップの五〇ccの原動機つきモノレールカーがある。紐を引っ張ってエンジンをかける。小さな貯金箱があって、ここに一〇〇円をいれて利用するように定められているのだという。前後に座って運ばれること一三分。整備されてない森の中を上っていく途中で、高野は東京という常識は一旦棚にあげることにした。下手に考えていたら、頭がおかしくなりそうだ。

昨日の夜から忘れていた携帯を見る。圏外。

メールが来ていたが、いつもの質問メールだけだった。内容は例によってそっけないものでただ、一行。〝リーマンショックとはなにか？〟

リーマンねえ、確かに中国もあれだが大本のアメリカは気になるよな。そんなことを思いながら周囲の森を見た。しかし。質問君はなぜ検索などしていないのだろう。

「着きました」

「さっきも聞いたぞ。下の駐車場で」

「今度こそ本当です」

妙は少し恥ずかしそう。まあでも、この山の中なら健康には良さそうだ。妙のことを考えて、ここに住んでいるのかもしれない。

モノレールから降りたらもう家が見える。少し歩けば、それこそ三〇mでたどり着きそう。

事前連絡を入れておいたせいか、玄関先には妙の母が立っていた。

「お帰りなさい。それと、やっぱりまた会ったわね」

「いや、あの、すみません」

キスしたあとで、相手の母親と会うのは大変に恥ずかしい。しどろもどろになりながら、頭を下げた。長い睫毛を揺らして笑う母。

「まあ、そんな気はしてたわ」

「どういうことでしょう」

スケベそうに見えてたらイヤだなあと、自分の顔に手を当てながら言った。妙の母は、すまし顔。

「朝まで病院につきあってた人なんて、他にいなかったもの。まあ、お入りなさい。お父さんがご挨拶したいって」

「あ、はい。もちろん」

背筋を伸ばして一歩踏み出したところで手を引っ張られる。妙だった。険しい顔をしている。

「お父さんが、なんで？」

「さあ、でも、めずらしくね」

妙の母は諦めたような顔をしている。妙は顔をしかめたあと、高野の手を握った。

「何を言われても気にしないでください」

「ああ、いや、うん」

結果として介抱にかこつけてキスしたんだからまあ、その、ゴルフのクラブでぶん殴られるくらいは覚悟していた。散弾銃だったら逃げるけど。

古いが広い平屋の家。庭はよく整備されて荒れ果ててはいなかった。妙の母ががんばっているのかもしれない。和風の家でどの家も引き戸で開け閉めするようになっていた。ここです、と妙の母に案内された戸を見る。ついては来ないらしい。入らないように言われているのか、それとも別の理由か。

まあ、いずれにせよこのまま突っ立っているわけにもいかぬ。静かにあける。作法をちゃんと知っておけばよかったなと思うまもなく、飛んでくるボールに目がいった。

二つ。速度は速くない。独特の形はあれは卵か。

あわてて卵をとった。飛んでくるボールはとりあえずキャッチするのが正しいキーパーというものだ。右手で、二回。指と指に挟んだ。顔を上げて見てみれば、椅子に座って冷静に観察している初老の男がいる。机には、広げられたノートパソコンが三台。それも最新式だった。

「反射神経は悪くない」

妙の父、であろう初老の男は、静かに言った。強引なあたりは、娘によく似ている。

「二個投げるのは珍しいですね。普通は一個です」

高野はそう言った。頭を下げる。

「えーその、娘さんを家に泊めてしまいました、高野信念です。今日は娘さんというか、妙さんを家に返すのと、事情を説明しようと思いまして参りました」

「説明はいい。時間は有限だ。本題に入ろう」

妙の父は、剛毅だった。わーおと、言いかけて口を閉じる。卵の置き場所に困る。持ったまま話を聞くのだろうか。

「娘は体が弱い。遊ぶ暇も残り時間もないだろう。面倒くさいものを背負い込むことになる。帰った方がいい」

笑った。うっかり笑った。そして盛り上がってきた。卵を割ったりせぬように、両の手のひらの上において、今度は意識して笑って見せた。こういう、現実感薄いアニメやマンガ的展開こそは得意中の得意。いや、むしろ大好物。現実ではありえなそうなそんな言葉も、スポーツマンガや格闘ものの修行前の話としては珍しくもなんともない。キラキラ星の住人たる俺のところに三次元が近づいてきたと思った。

「面倒くさいものが好きなんです」

なるべく、平静に言った。妙の父は、もっと静かだ。

「会って数日、そんなところだろう。重要な決断をするには情報が足りてないだろう。だが情報を与えるだけのあれやそれやの時間もない。たぶんな」

腹立たしいことを言われて卵を割らないようにするのもテストだろうか。二〇年前のアニメだな。高野は楽しげに口を開く。

「リスクを取らなければ得るものは少ないといいますね」

「分かってないリスクを取るのは愚かだと言っているんだ」

「なるほど。でも僕、リスクって言葉嫌いなんです」

「じゃあ、帰れ」

そう言われて口を笑わせた。

「勘違いしてませんか。やらなければならないことを、リスクという表現で隠すのが嫌いってだけです」

「よし、買った」

妙の父は、静かに言った。ひどくすごみのある、言葉だった。

「喧嘩ですか」

「いや、お前を買った。自宅の住所を教えてくれ」

「分かりました」

「契約電流料を最大まで上げておけ」

「今日中にやります」

「よし、もう帰っていい。ゆっくり休め」

すごいな、上司。いや、上司というより上官という感じだと高野は感想を持った。いや
ー。素晴らしい二次元感だった。

そのまま部屋を出て、心配そうな母娘を見て微笑む。そんな顔をするぐらいなら、部屋に入ってくればよかったのにと思ったが、それは出来ない話だったらしい。

心なしか妙が青ざめている。安心させるため、大丈夫大丈夫と卵を振って見せた。

「無茶苦茶なことを言われなかった？　いえ、言われたでしょう」

隣で気絶しますと言われたときほどではなかったな、と思ったが、ただ頭を振った。これはおそらくだが、妙は父に似ていると言われるのが嫌いなようだった。

「いや、はい。これ、たぶんお宅の冷蔵庫に入ってた卵ですよね」

「あ、はい。そうですね。何で二個？」

「目玉焼きには良さそうです」

遅い昼を一緒に食べて辞す。父親は姿を見せなかった。格好を付けた手前、出にくかったのかもしれない。

一人で簡易モノレールにまたがり、一〇〇円入れて帰る。妙が心配そうな顔をしている。心配なのはこっちだって、と携帯の電話番号を教えた。次からは夜中でも駆けつけると。

それにしても奥多摩は遠い。都心と違って移動手段もとぼしい。往復だけで一日使った気がする。新幹線を考えれば名古屋の方が近いくらいだった。大阪と比べればどうだろう。あんまり変わらないかもしれない。

家に帰って電力会社に電話。ワンルームには不釣り合いな四〇Aにした。最近はネットからも申し込みできるから楽である。

さて、どうなるか。

翌日を楽しみに、リーマンとは何かを簡単に調べて質問君に送ってやる。リーマンとはリーマンブラザーズのこと。大きな証券会社兼投資銀行で、格付けAAA。で、格付けAAのまま、倒産した。

最高の格付けを持ちながら倒産というのは、突然の話であることを示す一方、格付けを決める格付け会社の仕事が役立っていないことを示す結果になった。格付け会社は今、大変な非難にさらされているという。格付けを元に株や債権を売ったり買ったりしている人がいるんだから、当然だ。

倒産した理由はサブプライムローンというやつで、これは去年あたりから問題になっていたらしい。

笑顔でメールを送り、明日はどんな二次元展開になっているかと満足して布団を敷いて寝た。妙の匂いが少しだけして、ひどく興奮したが、いや、これは格好悪いと無理矢理寝た。

翌朝になると、宅配業者から次々と荷物が運ばれてきた。

ひどく高性能なパソコンだった。モニターも二九インチなどという聞いたこともないような大きなものが六台届いた。金額を考えるだけでわーおと言いたくなるようなものだった。推定一〇〇万円。

ご丁寧にパソコンラックまで届いている。組立てて液晶モニターを並べると宇宙船のコクピットのようになった。そして、部屋の半分が、潰れた。PCをつけるとブレーカーが飛びそうになる。なるほど。これか。発せられる熱と電磁波で数分で体が熱くなる。汗が止まらなくなりエアコンをつけた。ブレーカーが本格的に飛んだ。

なるほど。アンペア数を増やす必要があるわけだ。で、俺を買うとかいう人は、これで娘さんをどうするんだ。

電話がかかってくる。出る。

「はい、高野でございます」

「PCは届いたかね」

妙の父だった。予想通りというか、お約束から一歩も離れないところが素晴らしい。

「ああ、お義父《とう》さん、いや、そう呼んでいいかはわかりませんが」

「構わない。君のことはもう、買ってしまった」

「買うまではいろいろ注文つけると言ってましたね。娘さんが」

あれはそう、深夜にラーメンの話をしていた時だった。親子仲は微妙と見たが、娘は結構、父の影響を受けている。

「買ったらどうしようもない」

義父の言葉に頭をかく。早く本題に入れと。もったいぶるな。あれ、俺、どきどきワクワクしてる？

「なるほど、これで僕は何をすればいいんですか」

声を抑えてそう言った。

「株だ」

返事は、端的。そして高野にとっては、あまりおもしろくもなかった。宇宙人と戦うあたりを期待してたのに。

「株ですか」

「そう、株だ。金融のな。公営ギャンブルとしては一番胴元が持っていく量が少ない」

株も金融、すなわちお金の融通だったのかと高野は驚いた。いや、確かに株式会社の資本は株に分割されているんだけど。

そうか、株を渡してお金を融通して貰っているんだからこれは確かに金融だ。配当という形で利子まで払っている。

「あー」

「どうした」

「いえ、まあ、株は金融であってそもそもギャンブルじゃないですしね」

「ギャンブルだ。そう思っていた方が、結局は被害が少なくなる。儲けもな」

義父はそっけない。一方高野はギャンブルが好きではなかった。ギャンブルは自分の人生というか稼業で充分だという思いもある。

「ちなみに宝くじと比べてどれくらい、差があるんですか。その、胴元が持っていく量としては」

「五〇倍以上。宝くじは半分以上を胴元が持っていく。株式手数料は自由化の後、競争でどんどん下がって今は一％以下のところもある」

「なるほど。そう考えると宝くじは極め付けにひどいんですね。パチンコは一五％、競馬は胴元二五％とかでしょう」

「詳しいな」

「マンガの受け売りです」

「乗る気ではないか？」

義父は静かに言う。頭をかく高野。ギャンブルにいいイメージは一つもない。いや、株はギャンブルではないんだろうが、そういうイメージもあって敬遠していた部分もある。そもそも自分には運がない。いや、妙に会ったのは幸運か。しかし魔法杖ははたき代わりになったしな。

「えー。実は知識もなにもなく」

「そういうのはいらない。今のところは」

「素人がそういうのなしでいけますか」

「反射神経があれば」

反射神経ときたか。

「それは得意ですよ、お義父さん」

「確認ずみだ」

「そうでしたね。卵で」

反射神経のギャンブル。そんなものは聞いたことがない。まあ、やっぱりギャンブルではないということか。反射神経で勝てるなら、運任せよりずっと勝率は高い。

運があまりからまないのならいける。

「娘と一緒の時間をなるべく増やすために、株をやれ」

義父は静かに言った。

「証券市場って午後三時まででしたっけ」

「そこまでは体力も気力も持たないだろう。九時から一〇時までだ」

「一時間、ですか」

「東証なら八時二〇分から株式の情報を確認できる」

「なるほど、そこから始めて九時スタートの一〇時終了」

「そう、デイトレード。中でもスカルピングというやつをやってもらう」

「どういうやつですか」

「全体として株は毎日値を上げたり下げたりする」

「わかります」

「下がったときに買い、上がったときに売れれば、儲かるな？」

「ええ、まあ」

現実はそんなにうまくいくわけもない。電話の向こうで、笑い声。

「うまくいくために、反射神経がいる」

「あー。つまり、画面が切り替わったらすぐに買うってことですか」

「そうだ。年寄りにはできん。手早く暗証番号を入力して一単位上がったら買う、一単位下がったら売る。それをやる」

「一単位って」

「株の単位だ。一〇〇株単位もあれば一万株単位もある。とにかく、一円でも動いたら売り買いする」

「得も一円、損も一円、ですか」

「単位でかけ算するから、本当に一円ではない。値動き一円だ。株を長く保有するな。最大で五分。それぐらいでいけ」

「五分値動きしなかったらどうするんですか」

「売れ」

「手数料で損しませんか」

電卓を引っ張り出してきて計算する。仮に手数料一％として、三〇〇円の株取引単位が千株を買う。すると三〇万円になる。この一％は三〇〇〇円。手数料はそれだけかかる。仮に三〇〇円が三〇一円になっても儲けは一〇〇〇円にしかならないから、取引を繰り返すたびに二〇〇〇円損することになる。

この疑念に対する義父の回答は簡単だった。

「一日手数料が固定のネット証券の口座を開け。まずは一時間で六〇回売買しろ」

なるほど。固定なら随分話が違う。回数で稼ぐことも可能になってくる。

一分一回なるほど。六〇回暗証番号を入れるだけで指がつりそうだが、さっきの例でいけば一〇〇円儲かることになる。それが六〇倍なら六万円。時給六万円か。一年二〇〇日働いたとして一二〇〇万円。負けたり手数料があったりでそこまでうまくはいかないだろうが、悪くはない。やる価値はある。

「分かりました。口座開設までに操作を勉強しておきます」

「口座ができたら一〇〇万円入金する」

「自前の金でやりますよ」

「他人の金の方が大胆に使えるものだ」

「そ、そうですか」

自分の場合は、逆だった。まあいいか。会社が潰れないと分かった今、一〇〇万円は勉強代として出せる金額だ。逆に言えば仕事しているからチャレンジできるということで、妙と一緒の時間を増やすという風には、まだ踏ん切りがついていなかった。自分の会社だ、思い入れもある。

「今銀行で一〇〇万円預けても金利はいいとこ〇・一%だ。年間で一〇〇〇円の利子だ。つまりこうだ。一〇〇万では食えない。元本を削る以外にない」

「そうですね。働かないと」

「働くにも方法がある。金融なら、スカルピングなら、働く時間を短くできる」

「うまい話に聞こえますが」

「そうでもない。神経を削られる。八時間、いや、一〇時間働くよりも」

「なるほど」

「だがそれでも時間は貴重だ。娘には。卵を割らなかったな。その度胸を買う。分かったか」

「分かりました」

「以上だ」

電話が切れた。高野は携帯を見下ろした後、わーおと口にした。いや、うん、あの家はすごいな。そして妙が父親を嫌っていたのも分かる。有無を言わせぬあの調子で畳みこまれたら、まあ、反発したってしょうがないと思う。妙の父でなかったら、自分も逃げる。

しかし、朝一〇時までの仕事か。経営している会社《アクシオ》は一一時スタートなので、両立させることはできそうだ。神経は削られると言っていたが、両立できなくもないんじゃないか。まあ、自分が本当に向いているかどうかは分からないし、とりあえずはそれで調子を見よう。

それにしてもこの展開は二次元だな。つまり、いける、いけるぞ。違うか、動く、動くぞ、だな。

ドアベルが鳴って起きあがる。ドアを開ける。妙だった。

ドアを開けて一変した部屋を見て、妙がすぐ表情を変えたのがわかった。

「お父さんね」

それだけ言ってすぐにきびすを返して出ていこうとする。家に帰って文句を言うつもりなんだろう。腕を伸ばして妙の手を取る。時間は貴重だ。特に休みの日は。

振り向く妙に、微笑んで見せる。

「あー。デートに行かないか。文句はその、家に帰ってからでも言えるだろう」

妙は顔を赤くした。横を向く。横を向きながらこちらを見る。

「気を使わないでいいんですよ」

「お父さんには使わないけれど」

それはいい返事だったらしい。妙は嬉しそうに笑った後、すぐに唇をとがらせた。

「毎日朝食時間に経済新聞読んでパソコンを開いたりしないで」

「分かった。一生やらない」

「じゃあ、高野さんを買います」

胸を張って言う妙の言葉を聞いて、やっぱり親子だなと、思う。表情には出せないが。

代わりに妙の頭をなでて、抱き寄せた。

「いや、それは俺の台詞だろう」

部屋が散らかっているので外でデート、休ませるためにシティホテル。手を引かれるまま、うっかりやることをやっていよいよ引くに引けなくなった。妙を送って帰る途中、調子を崩し、病院へ。だから無理するなと土気色の顔をなでながら、妙がますます可愛く見えることに気づいた。三五歳オタクの錯覚かもしれないが、いや、この際錯覚でもいい。彼女の残り時間を考えるだけで、廃業もありかと考える。

廃業の危機で金融を知った。金融をするせいで廃業を考える。その間に女がいたとしても、なんとも数奇な運命のような気がした。

まあ、でも、だが。儲からなきゃしょうがない。ギャンブルで食うのは大変だ。だからこそ、職業ギャンブラーは常に少数派なんだと思う。あわててはいけない。試して、そして継続的にうまくいくなら、それから考えよう。

調子を戻した妙を家に送り、夕食がてら一人で証券会社を調べる。一日定額手数料のネット証券を決めた。口座開設には二週間かかるという。

二週間ある。長いか短いかは分からない。翌月曜日には妙は姿を見せなかった。調子が良くないらしい。メールを打ちながら、妙の父親が言っていた言葉が重く心にのしかかっているのを感じた。

面倒くさい女。今のうちに別れるのも手か。いつかの別れが恐ろしく、そんなことすら考えた。いや、もう今は、それすら怖い。やっかいな女を好きになってしまった。

仕事の合間に裏紙を使って計算する。妙と会えるのが土日として、二日。ひと月四週間で八日。一年で九六日、祝日もあるが、グッズ屋としてはイベントもある。これらのイベントは年がら年中ある。当然土日祝日に集中する。では平日に休めばいいかといえば、そんなこともない。商品開発は楽ではない。

それでもよかった。これまでは。いつも全力。いいじゃないかと思っていた。それにいい商品を作るのは、自分が欲しいものをつくることでもある。それは素朴な喜びでもある。

でもどうだ。その方法では、妙との時間が足りない。

やるのか。デイトレード。やるしかないのか。試しにやってみるのと、職業として選ぶのは、えらい違いがある。この歳で小さいとはいえ社長業を捨ててやれるのか。捨てるものが大きくないか。吐きそうな気分になりながら、妙の父親のことを考えた。おそらくはそう、俺の先行者。俺がこれから直面するであろう色々な問題と戦ってきた人。あの人が家族から嫌われているというのが、可哀想で仕方がない。奥多摩にしたのも家族のため、俺を買ったのも家族のため。うちの親父にだって負けていない、いい父親じゃないか。

どちらかといえば問題は俺だ。俺はああいう親父みたいになれるんだろうか。不意に自分の父に会いたくなり、夜仕事が終わってから実家のある川崎まで移動する。連絡なしで実家に帰ったが、夜一一時に家についたときには明かりも消え、すでに寝た後だった。しまった。俺が家を出て行ってから、すっかり両親とも就寝が早くなっていた。

まあ、そうだよなと、夜中に叩き起こすのもなんなので、玄関先に座り込んで携帯片手に時間をつぶす。何やってるんだ、俺は。バカか。いや、昔からバカではあったけれども。

また質問君からメールが来ている。相変わらず短い質問。

〃地球はなぜ金融をするのか?〃

なんだそりゃと思いつつ、暗い中で腕を組んだ。地球では意味が通らないので人はなぜ金融を行うのかと問題を言い換えた。哲学的でもあり、難しい問題のような気もする。

金融が金の貸し借りならば、人は金の貸し借りを必要としていることになる。だがどうだろう。日本人は借金するなと本能レベルでそう思っている節がある。アメリカは違うと聞いたことがあるような気がしたが、実際のところはわからない。

金の貸し借りがなぜ必要か。歴史的に見れば大昔からあったんだから、ここ何千年かは必要であり続けたわけだ。必要だから存在した。首をひねる。やらない方がいいという日本人の感覚は、歴史の必要と噛み合ってない。

頭をかく。星を見る。まあ、会社作るために出資は受けたな。あれは借金だろう。それとまあ、運転資金は借りた。額はかなり減ってるが、借り換えしながら今も借りてる。いざというときの金融機関との繋がりを保つため無借金経営にはしていない。それ以外だと大口の案件が決まって事業規模を増やそうと思うなら、まあやっぱり借りることになるか。

前借りしても儲かるならやる。要は、そう言うことだろう。手持ちでできることは限られるから、金融はもっと儲かるために必要だ。そう、もっと儲かるために要る。日本人の借金嫌いは欲深いことを嫌ってなのかもしれない。

メールに返信。もっと儲けるために金融は必要だ。と、書いた。

四時になったらジャージ姿で首にちょっとタオルをひっかけた父親と母親が出てきた。

久方ぶりの息子を見てびっくりしている。これはちょっと恥ずかしい。

「あー。おっす」

両親も知っているアニメのキャラを真似たが、なんの感慨も生まなかったようだった。

「信念、なんでこんなところに」

いたって普通の返事をされ、頭をかく。激しくかく。それしかできない。

「いや、実は夜中に帰ってきたんだけど、もう二人とも寝てたから」

「起こせばいいのに」

母の言葉はもっともだったが、家を出てもう一〇年。ちょっと遠慮する気持ちがある。

「いやいや」

「変なことを気にするのね」

母は準備運動をしながら言った。高野は二人の格好を見る。ジャージ。タオル。スポーツシューズ。

「それより二人ともどうしたん。こんな時間に。まだ暗いのに」

「健康のためのジョギングだ。お前もやるか」

徹夜明けでつらいと思ったが、うっかりつきあって走ってしまった。毎日やっている両親と違い、たばこも吸えば不健康なデスクワークを繰り返している上、徹夜明けでバテた。両親について行くこともできず、荒い息でよたよた歩いて行く始末になった。

こんなことなら家で寝かせてもらえばよかったと思いつつ、恥ずかしいところを見せる。体力自慢としては情けない気持ちでいっぱいだったが、両親は実に嬉しそうだった。

「信念もう少し運動した方がいいぞ」

「そうよ、信ちゃん」

歳というか老化のせいにしていたが、これはトレーニング不足というものが大いにありそうな気がする。ああ、くそ。確かに運動するか。

遅刻するとメール入れつつ、実家で寝る。家を出て一〇年たつのに自分の部屋はそのままだった。物置にすればいいのにと思ったが、親というものはそういうものかもしれない。

寝て、起きて、急な階段を降りてリビングへ。

長く家に居ると荷物が増える。この家もそうなので、いろんなものが多すぎだった。食器も多すぎ、土産物も目につきすぎる。これは自分が中学の修学旅行で京都に行ったときのものじゃないかと、ため息をつきそうになった。まあでも、ちょっとは懐かしい。

リビングで目を覚まそうと努力しているうち、両親が並んで前の席に座った。

「何か、あったのか」

すっかり白髪が増えた父がそんなことを言った。

「会社があぶないとか。リーマンショックとかで」

「ああ、いや、もう大丈夫」

説明が面倒なので中国に助けられたとかは言わず、それだけを言った。みょうな心配をさせてしまった。さらに三秒考え居住まいを正す。

「俺、結婚するかも」

「――。」

父と母は、ゴールを決めたJリーガーのような顔でハイタッチした。息子を見る。

「いつ」

「つれてきて」

母は、感動をありがとうという顔でそう言った。

「ああ、うん。今度」

恥ずかしいといったらない報告。いや、こんなことを言うために来たんじゃなかった。

「もしかしたら」

「孫、見れるかも」

父と母は、もはやそれどころではない。この喜びようは孫を諦めていたのかと、そんなことを思った。これまで一言もそんなことは言われたことはなく、両親が孫を欲しがっているとは、夢にも思っていなかった。

「孫、欲しかったのか」

「え、いや、まあ」

父は横目で母とやり取りした。

「たまに友達から、自慢されるとね……」

目尻が下がりまくっている様子をあらわしているのか、母は自分の目尻を指で引っ張りながらそんなことを言う。思うに自分のオーバーリアクションは、遺伝に違いない。

「なるほど。まあ、なんにしてもよかった。てっきり事業がうまくいかないのかと」

父が安堵で肩を下ろす。

「生命保険解約しようかと思ったわ」

母は、濃すぎる緑茶を入れた。

「ああ、いや、大丈夫。大丈夫」

転職するとは言いにくい雰囲気だ。そのことについては言うのをやめた。それに、まだ金融でいけると決まったわけでもない。

「じゃあなんで、こっちに戻ってきたの」

母は、息子の迷いにちゃんと気づいているようだった。思わず笑った。苦笑いだった。

「自信がなくて」

「俺でも親父みたいになれるかなって、まあ、つまり仕事して家族養えるかなって」

父は茶をすすった。

「三五で何を言うとる。俺が信念、お前をもうけたときは二三だったぞ。それこそ自信もなんにもなかった。だがやるしかなかった。そして、なるようになった。うまくいったかどうかはわからんが」

「お父さん薄給だったしね」

母はしんみりいった。父が苦虫をかみつぶしたような顔になった。

「ないよりましだろう」

もっともな話だ。母もうなずいた。

「そうそう。やりくりもがんばればどうにかなったし」

両親は二人してうなずいた。息ぴったり。まあ、俺の進学費は出せてなかったが。

父は背筋を張って湯呑を置いた。

「つまり、なるようになる。どうなるかは分からないが、どうにかはなる」

「なるほど。夏休み最後の宿題やってない感か」

「それよりは大変だぞ」

父の言葉は、もっともだった。へいへい。と言って、川崎の実家を辞して練馬に帰る。

なるようになる。それこそが一番聞きたい言葉であり、背中を押してくれる言葉だった。

なるようになる。今までもそんなもんだった。そんなことを考えながらぼーとしてますよと会社で鮎喰に小言を言われ、アニメを見始めた。三〇秒見て苦笑する。

なんてこった。心はもう仕事辞める気だ。

第二章　初めての戦い

昼食になり、生まれて初めて経済新聞なるものを買う。読んでもさっぱり分からない。それいや、日本語で書いてある部分というか、記事自体、たとえば事件や広告は分かる。それが株にどう関係するかが分からない。分かると言えば一つだけ。記事にもなっているが株価が順調に下がっていること。日本はリーマンショックの被害が少ないという話だったが、いったいどうしたんだ。アメリカの株価指標より日本の方が下がってさえいる。ダメージが少ないという皆の評判は、株価を見る限りどこまで事実か疑わしい。スポーツカーなど金持ち相手の車などはどんどん開発中止に追い込まれていた。

デートカー買ってもいいかと思ってたんだがな。新しいのが出ないのでは仕方ない。うん。無駄遣いしないに限る。

いろいろ考えすぎて昼に食べたオムライスの味が分からなかった。これはいけない。妙の前では読まないようにしよう。朝食だけではなく、昼も、夜も。

しかし、義父は株をやれといっていたが、株が下がったら商売になるんだろうか。よく考えてみれば、勉強しろとも言ってなかったな。だんだん心配になってくる。少々金はあったとしても一〇〇万円のギャンブルは楽しむ程度を越えている。オタクには一般人以上に常識のタガってものが頭にはまっているのだ。もうちょっと勝利の確信がないと、職業としてはやっていけない。

仕事終わって病院へ。退院するときはメールしてくれと言ったのに、妙は黙って退院していた。腹立たしい気分で家に帰ったら、玄関先に妙がいた。体育座りをしている。顔を上げてこっちを見上げた。

「おかえりなさい」

なんと言ったらいいか分からず、家に連れ込んで抱きしめて家の鍵を渡した。部屋の半分を占めそうなパソコンが邪魔らしく思えた。

「遅かったね」

妙は抱きしめられながらそんなことを言った。

「病院に行ってたんだ、心配させるな」

「あ、そうなんだ」

「そうなんだじゃない」

再度大事に抱きしめ、病院で怒っていた自分を責めた。いや、責めるような話じゃないだろう、連絡不足が悪いのだと思わなくもないが、妙を責める気にはならなかった。バカだなあとは思ったが。

「鍵、やるから、そういうときは家に入っているように」

「うん」

キスしたそうな顔をしていたので、キスをして、半分ほどになった床に座り込んだ。妙も座った。なぜだか嬉しそう。

「引っ越さないとな」

「なんで？」

「部屋が狭い」

妙は周りを見渡した。

「パソコン捨てたら。お父さんから送ってきたやつでしょ」

「いやいや」

妙は父に手厳しい。頭をなでながら、そうだ。

「食事するか」

「私作る」

「体調的に大丈夫か。時間もあるし」

「大丈夫、家の中ならいつでも倒れられるから」

「それが心配だって言ってるんだ」

そうだ。料理を覚えようと思う。人とつきあうということは、いろんなことが一緒に起きることでもあるのだなと、そんなことを思った。

今日は遅いので泊める。抱き合うように寝た。やっぱり引っ越そう。

大丈夫だよと耳元でささやかれたが、Hするにも心配だし、いいから体調を良くするぞと言って、がんばって寝た。

煩悩に俺は勝った。愛の力だ。棒読みだけど。

朝起きて、そういや病院絡まずに一晩一緒に過ごせたのは今日が初めてだなとそんなことを思った。もちろん、それではいけない。元気になれ、元気になれと念を込めて寝顔をなでた。

次の家をどうしようかと考えるうちに、出勤。またなんとなく経済新聞を読む。またも株価が下がっている。

株価平均で昨日だけで三〇〇円下がっている。日経平均と同じ値の株があったとすれば、一株当たり三〇〇円損したことになる。仮に一〇〇万円分買っていて、株価が八九〇〇円から三〇〇円下がったところで売ったら、三万四〇〇〇円くらいは損している計算になる。こんなのが何日か続いたら、一〇〇万円なんかすぐ蒸発だ。たまったものじゃない。

こんなんで本当に大丈夫かと思いつつ、職場で一日を過ごす。あくびをする鮎喰に、アニメの話ばかりをする部下。いつもと同じ光景なのに、それが変に見えた。皆株価や金融危機などどうでもいいような顔をしている。いや、自分が少し関わってるせいか。数日前までは、自分だってそんなこと気にもしていなかった。日本人は借金のことといい、株のことといい、金融から切り離されて生きている。それが普通だと思っていたが、海外はどうなのか気になりだした。

仕事中に悪いと思いながら、アニメではなく、経済関係のサイトをあさる。けしからんことこの上ないが気になるのだから仕方ない。アニメはあとで頑張って見るからなと思いながら、海外の、それも普通の人と金融の繋がりを調べて回る。うなる。うめく、変な顔する。

周囲の目があってディスプレイの陰に隠れる。画面の向こうには日本とは全然違う姿があった。

まず多くの国では国の年金がない。個人年金しかない。全員加入の国の年金があるのは日本だけ。そんな感じだから、各国老後は極端に不安定になる。不安定さをどうにかするために日本と中国以外の政府、すなわちアメリカ、イギリス、フランス、ドイツ以下欧米の国とブラジルなどの中南米諸国がやっているのが株価対策だった。つまりは老後は株や債券を買って、その売買益で暮らせというやつらしい。欧米では昔から船乗りの寡婦や老人はそうやってきた、とのこと。家族が支えてきた東アジアや年金制度のある日本とは話が全然違った。

そりゃ株価対策を政策課題の一番にあげるわけだと、腕を組んで思った。株価が下がれば老人が一斉に怒る。いや、老人だけでなく怒る。たくさんの人が購入しているということは、そういうことだ。

さらに日本や中国などの国をのぞいては、多くの国が小学生の頃から株式売買を教える。それこそ公的教育で教える。話自体はどこかNHKのニュースかなにかで見た気がしたが、こうしてみると印象が全然違う。どこか魚市場を社会科見学で見に行きましょうと、その程度に思っていたが、自分の将来に必須の技術、知識の勉強をしていたわけだ。他人事を見学するような性質の勉強ではなかった。

まさに外国、日本とは全然違う。

日本だけなぜこんなに特殊になってしまったのか。まあ、年金か。あれのおかげで、多くの人は株と無関係でいられる。年金基金も運用して儲けをだして、それを年金に戻しているわけだから、実際は株と無関係ではないのだが、一段階国が間に入っていることで、実感がなくなってしまっている。

株価と直接触れあってない分、景気を感じにくくなってるんだなと、結論づけた。それがいいことかどうかは分からない。まあ、おかげで日本ではアニメを安心して見ていられる気はする。他国では株価が気になってそれどころではないはず。それこそどこでも株価が見えるようになってないと不安だろう。そういえば最近噂の iPhone は株価が表示されるという話だった、無駄な機能だと思っていたが、多くの庶民、とりわけ老人には必要な機能だったというわけだ。

仕事を終えて、家に帰る。妙が料理を始めていた。なし崩し的に同居が始まった。文句を言うところか、笑うところか。

「お帰りなさい」

楽しそうにフライパンを動かしながら妙にそう言われて、第三の選択肢、幸せに浸るというのがあるのを思い出した。まあ、これだろう。

気づけば人生、あの奥多摩の家の人たちに丸飲みされてるなと思いながら、まあでも、妙は可愛い。これでいいかと思った。

問題は一つ。ネット証券の口座が開設された後、この部屋でどうするかだ。妙に仕事しているところは見られたくない。

問題は一週間ほどで解決した。口座開設の案内が来た日の夕食だった。

「信くん、お話があります」

夕食の席で、妙がそんなことを言った。

「信くんて俺のこと?」

そう言うと、妙は小さくうなずいて恥ずかしそう。

「高野さんって呼ぶの、ヘン……じゃない？」

「まあ、うん、そうだけど」

一〇以上年下にくん付けで呼ばれると、犯罪的気分になる。いやまて、一一歳差だ。違う、相手は成人なんだからセーフだ。セーフ。

「怒った？」

「いや、なんだ？」

正座して居住まいを正す妙。

「今日お母さんから電話がありました」

「怒ってた？」

そりゃ娘が帰ってこないとなったらそうだろう。うっかり受けいれてしまったが、一度帰れくらいは言うべきだったと恥ずかしい気になった。うっかり自分も正座になる。

「ううん。着替え取りにこいって」

さすがにお義母《かあ》さん、とちょっと思いはした。いや、控えめな表現なだけで、内心は分からない。高野は背筋を伸ばした。

「分かった。一緒にいって詫びる」

「そんな怒ってなかったけど。それに、土日は二人きりがいいな」

「そうは言うてもまあ、その、大事な娘さんを預かってるわけで」

「信くんそういうとこ、真面目だよね」

「真面目で悪いか」

「ううん。大好き」

さらりと真面目に、そして嬉しそうに、そう言われた。これは恥ずかしい。いや、うっかり夕食そっちのけで押し倒そうかと思った。いや、妙の体調もあるんでなんだが。

「とにかく、一緒にいこう。どうせならきちんと許可取りたい」

「でも、そうしたら二人の時間減るよね。私が土日、元気とも限らないし」

「体調悪いのか」

「この二日は大丈夫だけど」

ため息一つ。いや二つ。心配した。いや、二日健康だっていうだけで話題になるのも大変だ。

「分かった。月曜なんとか休む。それで一緒にいこう」

「それが明日帰ってこいと言われちゃった」

「まあ、なんだ。そりゃそうだよな」

「勝負下着も見つかったとかで」

「いや、いまさら勝負も何も」

妙は不思議そう。

「ここでは恥ずかしがらないんだね。信くん」

「からかってるつもりだったら、はずしてるぞ」

「なるほど、勉強しなきゃ」

どこから取り出したか、メモをとる妙。

「せんでいい。いいから、あー。分かった。明日なんとか休む」

「だめ、仕事して」

真顔で怒られた。

「いや、そうは言うても」

「私、信くんの足手まといにはなりたくない」

足手まといというか、俺の人生丸飲みですよと言い掛けて、妙が思ったよりずっと本気でその言葉を言っているのに気づいた。箸を置く、妙の頭をなでる。

「そういうのは、考えないでいい」

「やだ」

「やだって」

「甘えたくない」

もっとなでてとすりよってきながらそんなことを言う。頭をなで続ける。これが甘えでなかったらなんだ。ああくそ、俺の嫁は可愛いな！

「あー。じゃあ金曜夜に迎えにいく。これは？」

「うん。でも夜は危ないから、なるべく早く来て」

何が危ないんだろう。奥多摩には巨大イノシシとか出るんだろうか。

明日の朝早く、妙は帰ることになった。期せずして、時間ができたことになる。最初の仕事をするには絶好のタイミングというやつだ。

妙が寝た夜のうちにネットから証券会社の口座へ入金処理を行う。一〇〇万円。義父がお金を入れるとか言っていたが、他人のお金ではちょっと気が引けるし、推定一〇〇万円のパソコンも買ってもらっている。

入金確認。よし、盛り上がってまいりました。できれば義父に、パソコン代くらい返せるといいなあ。

朝、妙の心配をしながら駅まで見送る。恥ずかしいとか言いながら、妙は少し、嬉しそう、手を振って改札で別れ、気分を切り替える。

よし、戦うか。出勤前に一発やるぞ。

緊張して眠れないかと思ったが、妙といると不思議と寝れた。女は偉大だなと、そんなことを思った。もっと一緒にいたかった、とも。

いかん。妙を思うと気が抜けるというか、闘志が下がる。闘志を上げようと戦隊ものの主題歌をがんがんかけて空調をいれ、六台のモニターを持つパソコンを動かした。

義父は必要以上何も教えてくれなかったので不安がある。自分でもローソク足チャートの見方くらいは勉強したが、他はよく知らない。こんなんで本当に勝てるのか。

ロウソクチャートは日本由来の株の値動きを示す表だ。白と黒のロウソクのような縦棒を並べて線グラフを作っている。こいつが優れもので世界に輸出されたのもわかるというもの。

この日の初めに付いた価格である始値、最後に付いた価格である終値、最も高い価格を高値、最も安い価格を安値と呼ぶが、ローソク足チャートはこの四種が一目で分かる。このチャートの動きを見れば、その株がどれくらいの価格でどんな値動きをしてきたか、すぐに分かるというわけだ。白いロウソクは値上がりで、それが長いほど一日の間に伸びたことを意味する。黒は逆だ。ロウソクの中心にある芯は、この日の高値と安値を意味している。見れば終値はともかく、一時的に値上がりしている銘柄が案外多いことに気づく。

リーマンショックの只中でも、一時反発して値上がりする株があるというわけ。

これを見れば基本的に株の動き、その流れが見えてくる。やることは簡単。上がっているときに買い、さらに上がったら売る。だけ。

どれが値上がりするかはわからないから各社の株価を一覧で示すボードを眺めていかないといけない。そこで値上がりをしているやつを見たら迅速にローソク足チャートを開いて、監視。いけそうなら買う、そして売り抜けるという行程になる。もちろんいけなそうなら、そっと画面を閉じて、別の銘柄を探す。

万に一つも見逃しはできないし、見間違いは大損になるから、大きな画面がいる。六画面というのはそのためだ。

狙っている個別の株の値動きを示すロウソク足チャートが三画面と多種の株の現在値を示したボードが一画面、それと売買画面が一つ。最後の一つはニュース画面。

経済新聞を見てて気づいたが、ニュースは株価に影響する。例えば新製品を発表したらそこの会社の株が上がったりする。グラフだけ見ていても分からない株の動きを察知するために、ニュースは要る。

眩しいくらいの六画面からの光を浴びて、目が痛くなりそうと輝度を調整した。

昨日のうち、暗証番号入力の練習だけはやった。短い方がいいかもしれないが、あんまり短いと抜き取られる可能性もあるということで、推奨は大文字数まじりの一二桁以上だった。大丈夫。サッカーみたいなもんだ。

パソコンの熱で顔が熱い。燃えてきた。物理的な意味で。

頭の中でシミュレーション。株を買ったら、その画面はそのままでホールド。売るまでそのまま。最大でも五分。一円でも動いたら売り買い。六〇回の売買を目標。

一分一回。暗証番号入力の時間もさることながら、買ったり売ったりするまでの時間は一分をはるかに割り込むことになる。まさに反射神経の世界。卵を二個投げられてキャッチするような世界。

まあでも、なんとかなるかな。最大で五分の保持とか言ってたから、同時並列で考える要素は少ないだろう。

株の売買だが、義父の指示は、なるべく株を保持しないことだった。五分以上、株として保有しないのだから、基本的にお金は銀行口座内、ということになる。株を持ち続けるのが株をやることだと思っていたので、これは驚きの話だった。株を手放して現金化することを、儲けのあるなしでアリなら利益確定、ナシというか、損なら損切りという。

緊張してきた。トイレに立つ。しかし、なんで午後二時から三時まではなく、九時から一〇時なんだろう。そんなことを思っていたら、電話がかかってきた。時刻は八時半。

「はい。高野でございます」

「本題からいこう」

「あ、お義父さん」

「妙が戻ってくると聞いた」

「一緒にいこうと思ったんですが、仕事にいけと言われまして、週末に伺います。必ず」

義父はそれについて何の反応も示さなかった。ただ別のことを言った。

「今日、やるつもりだろう」

「あ、はい。今準備してます」

「まだこちらからは入金してないが、君は自分の資金でやるとか言ってたからな。まあ、自前でやってもあまり変わらない。教わったとおりできるな」

「反射神経で、株の保持は五分以内。五分変わらなければ売る。値上がりしても値下がりしても一円の変動で手放す。大丈夫です。でも、気になることがちらほら。自分でもちょっとは勉強したつもりなんですが」

「教えてやる」

「ありがとうございます。まずえーと、ここ最近、株は下がり続けてますよね。大丈夫ですか」

「株は下がるだけ、ということはない。株を売る方も損は出したくないのだから、少しでも高い相手に売ろうとする。買う方は逆だ。そこでせめぎあいがおきて、値が上下する。この小さな上下で商売をするわけだ。上がったり下がったりを繰り返しながら、全体として下がるわけだな」

「なるほど」

「長期保有をしないなら、見るのは一瞬だ。その一瞬でだけ、一円上がればいい。上がり続ける必要はない」

一瞬の勝負というわけか。要は小銭拾いだな。大層疲れる小銭拾いだ。意味があるかは分からない。

「株価が連日大きく下がるときは小さく、激しく乱高下するものだ。儲けのチャンスが大きい。スカルピングをする者だけが、経済新聞に何が書いてあっても楽しく仕事ができる」

「あ、そうなんですね。僕うっかり経済新聞見てニュースサイト開いてました。なるほど。分かりました。ほんとに反射神経だけ、の勝負と」

「一円上がったら、買う。さらに一円上がったら売る。下がったら売る。下がったからといってさらに買うなどは愚かな行為だ。やるな」

「分かりました。二度買い厳禁。一度売った株をまた買うのはありですよね」

「ああ」

「分かりました。んじゃ六〇分。やってみます」

「いくら稼いだか。後で報告しろ」

電話は切れた。

せめて今日は何が上がりそうか教えてくれれば、注目もできてよかったんだがと思いながら画面を見る。まあ、ボード見ればわかるか。あと五分。電話とかかかってきたらイヤだなと、一旦電源を切った。肩を回す。ジョギング、やっとけばよかったかな。あと二分。

まあ。一円じゃない、一単位でしか損しないんだから気楽にいこう。反射神経はゲームで鍛えている。同世代よりはいいだろう。

あと一分。オメガの腕時計をつける。

五秒、四秒、二秒。来た。

値を示すボードのあちこちが点滅している。激しい点滅もあれば、そうでないのもある。なんだろうと思ううちに、値上がりしたり値下がりしたりしはじめた。

これか。買うかと入力する間に値動きして値が下がる。口笛を吹く。汗が出るのはパソコンの熱のせいだろう。なるほどね。確かに反射神経だ。

点滅が激しいのがよく値動きしている気がする。要するに売買で情報が高速に更新されているのだろうとあたりをつける。値動き、入力、値上がり、売り抜け。指がつりそうだと思いながら連続三件の入力、値上がり、値上がり、値下がり。瞬きの暇も惜しく、考えている暇もない。買って、売って、買って、売って、買って、買って、売って売って。

今日が特別なのか、それともそうでもないのか、値動きが激しい。末尾の数字しか見てないが、入力する間に一円どころか二円以上動くことがある。うっかりすると一〇円だっていきそうだ。それが総額いくらの得になって損になるのか、そんなことも考えずに売買をしまくった。ニュース画面なんか見ている暇はない。

前半は手間取って低調だったが中盤から一気に速度が上がり、売買が増えた。勝ちが増えて負けが減り、やったやったと喜んでいたら後半急に反応が遅くなり、負けが増えた。暗証番号ミスも二回やった。集中力切れか。

一時間ちょうどで鳴るようにしていたタイマーが鳴る。五〇分でやめておけばよかったなと思いながら、手持ちを全部売る。得とか損とか考える気力もなく、機械的に全部売ってしまった。

金額は、手数料を抜いて四八〇〇円。一〇〇万円使って、四八〇〇円の儲け。取引の数は九二回。目が痛い。目薬をさしながら、パソコンを落とす。暑い。服を脱いだ。倒れる。放心。時給四八〇〇円は安いか高いか。社長業やってる自分の時給から考えても高い気はするが、社長業は何時間もやれる。こっちは確かに一日一時間しかできそうもない。疲れる。こりゃダメだ。となれば日給四八〇〇円。元本割れのリスクは考えないことにしてももっとたくさん稼げる仕事はたくさんある気がする。

義父に言われてやったものの、これはダメだなと思いつつ、携帯電話の電源を入れた。義父から着信があったようで、電話をかけた。

「どうだった」

「四八〇〇円でした。真水で、です。手数料抜いた数字で」

「まあまあだ」

「そりゃよかった。でも疲れます。あと、思ったより儲からないですね」

「一〇〇万円の金利を考えろ。年利〇・一％から考えれば一日で越えたぞ」

「そりゃそうかもしれませんけど、普通に働いた方が稼げます。少なくとも僕の場合は」

「それはどうかな。今日は練習だった。明日から本番だ。これから一〇〇〇万円口座に送る」

「え？」

「明日、同じようにやってみろ。購入単位も増やせ。それで同じペースで稼げたとして、一時間で五万円稼げる」

「わーお」

元手が一〇倍なら儲けも一〇倍になるのか。当たり前といえば当たり前だが、考えてなかった。だって労働についていえば、ポケットにいくら入っているかは全然関係ない。金融は同じ労働でもポケットに入っている資金の額で結果が全然違う。

ああ、なるほど。なるほど。これは確かに労働行為ではない。別のルールで動いている別のゲームだ。

元手が一〇〇〇万円。確かにそれなら、一日一時間で五万円。時給五万円ならリスクはおいといても社長業より多い。二〇日やって月給一〇〇万円。額としては零細企業の社長業と、つまり今の俺の収入と互角に近い。

仮に二〇〇〇万円が元手なら、一日一〇万円か。頭の中で計算して口笛を吹きそうになる。生活費などを引いても元手が増える。増えれば増えるほど儲かる。なるほど、金持ちはますます金持ちになる。こういうときこそ借金か。いや、銀行から金を借りるにしても株をやるからという理由で貸してくれるところはないだろう。なるほど、なるほど。おもしろい。

「計算ではそうですね」

冷静なふりをしてそれだけを言った。

「きちんと売れば負けても損は少ない」

「そうですね。今日、確信しました」

「口座を教えろ。入金する」

「あ、いえ、一〇〇万円でいいです。それ以上だと贈与税かかるでしょうから。今口座に入れてある一〇〇万円を加えて二〇〇。八〇〇万円は別に貯金あるんで、そっちから入れておきます」

「分かった。明日も報告しろ」

電話は切れる。電話を放り出して、天井を見た。放心というのはこれだろう。疲れている。

今日は練習ステージ。確かに。高くて一〇〇万円でも買えない株があったし、そういうのも買えるようになればより儲かる気がした。

それから、もう一つ。全体として株価は下がっていたが、微妙に上がり続けていたものがあった。あれならそう、長期保有してもいい気がする。

一〇時に取引をやめて、支度。ふらふらと会社に出社する。頭の芯が疲れてあまり仕事にならない。眠い。これはダメだと思いつつ、社員の前で居眠りするわけにもいかず、席を立ってトイレの中で、少し寝た。スカルピングは大変だ。命を削っている気がする。

頭にあるのは元手がもっとあったらなあということ。一〇〇〇万円まではどうにか増やせるが、もっと欲しい。今日の経験……一〇〇万円が元手の場合と比較して元手が二〇〇〇万円なら二〇倍、儲けが違う。

金を金と時間で買う金融の世界では、労働の質ではなく、用意できる元手こそがものを言う。

今日やった感覚でいくと二〇〇〇万円が元手なら一日一時間で二〇万円稼げる。というより、それぐらい儲からないと、割に合わないくらい疲れる。なにせ数秒気を抜くとマイナスに転じることもあるのだ。暗証番号を入力するうちに値下がりしたこともあった。

とはいえ、義父の言う通り、反射神経のみでいける。小銭を集めるようなケチな取引だが、元手さえあれば、元手さえもっとあれば、社長業より儲かる。

問題は集中力と体力だ。でもまあ、あと一年二年は現役でやれるだろう。その間にどれだけ稼げるか。そして、その先だ。このやり方、長くは続けられないだろう。次のことも考えないといけない。妙の残り時間については、考えたくないので無視する。

事実上の義父の申し出を断ったのが、急に惜しくなってきた。あと一〇〇〇万円あれば二〇〇〇万円になる。元手が二倍なら儲けは二倍。年に二〇〇日仕事したとして四〇〇〇万円稼げる。二人の生活費その他が一〇〇〇万円として、三〇〇〇万円は残る。それを元手に加えれば、二年目にはもっと増やせる。一〇〇〇万円義父に返しても元手は四〇〇〇万円。二倍。同じくらい稼いだとして、日に四〇万円。年に八〇〇〇万円。

まあ、世の中そうそううまくはいかないだろうが、二年目で八〇〇〇万円、総額一億二〇〇〇万円なら、仕事辞めて全力投球する意味はある。しかも一日一時間しか働いてない。こんなに美味しい話があってもいいのかと大声で騒ぎ、教えて回ってやりたい。

トイレの中で腕を組む。まあまて。世の中そんなに甘くない。それともう一つ。こんなうまい話、すぐにも人が殺到するだろう。極論すると個人ではない大きな会社が一気に動いてくる可能性はあるし、そもそも機械にやらせてしまえばいい、ともなりうる。つまりそう、長く続くわけがない。

落ち着け。女と、金で、自分を見失いかけている。妙で人生を踏み外すのはいいにせよ、金で踏み外すようなことはしたくない。格好悪い。しがない工員ではあったが親父は自分のヒーローだった。あんな感じで生きたい。

よし。気分を入れ替えて仕事しよう。

トイレからコンビニに行ってチョコを買い、音を立てて食べながら仕事に戻った。普段は甘いものなど見向きもしないのに、この日ばかりは甘いものが欲しくて仕方なかった。食べたら頭がすっきりし、眠気も遠ざかった。

甘いもの食べたくなる時ってどんな時。

歌いながら仕事をしていたら、部下に新作ですかと詰め寄られた。知らない作品があると、一応チェックするのがこの業界。いい傾向だと部下を褒め、これは自分作であると告げると、部下は舌打ちして全ての興味をなくしたように去っていった。

まあ、そういう時もある。舌打ちくらいであーだこーだ言ってると、オタク業界では長生きできない。なにせ基本的には、若造で分かってない連中の業界なのだ。自分だってどこで失礼しているか分かったものではない。

夜一〇時、仕事を終えて家に帰る。妙がいないのは寂しいものだなと思いつつ、取引用のパソコンを使って引っ越し先を探す。妙の体調はどうかと、調べながら考える。

よくないな。天井を見上げ、腕を組んだ。よくない。そのうち仕事している間も妙の心配をしそうで怖い。やはり辞めるか。気持ちは七割辞めるつもりだが、うまい話がそうそうある、とも信じられず、決断に至ってない。

まあ、明日も勝負はあるから、それから考えよう。ネットで口座からお金を移動させて、これで元手は一〇〇〇万円。自分の金銭感覚が派手に狂ってきている感覚はある。義父が株を賭事だと思っていたが、確かにこの金銭感覚の狂い方はギャンブルだ。そういやこれも所得だから税金を確認しないといけないなと、そんなことを考えた。税金が高いせいで、デイトレーダーはあまりいないのかもしれない。

なんにせよ。早く寝た。深夜アニメも見なかった。疲れ果てていた。

翌日、妙にメールをしながら勝負の時を待つ。昨日ほど緊張はしていない。元手一〇倍で損も一〇倍だが、たとえ一〇倍でも五万円。普通に仕事すれば、取り返せる。

八時二〇分頃から値動きを見始める。携帯電話の電源を切る。戦隊物の主題歌を流しながら気持ちを高める。九時ちょうど、取引開始。昨日とあまり変わらぬ展開。これはいけると一瞬だけ思ったが、すぐにそんなことも考えられなくなった。部屋のチャイムが鳴っているが無視。買い、買い、売り、売り。

ただ反射神経を頼りに売買を繰り返し、五〇分。ミスを三連続やったところで全部の株を現金に変えた。あと一〇分ほどやりたいが、疲れている。少し休憩して、それからだ。

ボードを見ながら休憩、一〇時を過ぎたあたりで値動きが幾分緩慢になるのが見えた。なるほど。この動きなら勝ちやすそうだがテンポが目立って悪くなる。義父が朝から一時間と言っていたのはこのことかと得心した。このテンポでは損はしないが儲けは大変に薄くなる。後半にかけてさらに悪くなるならなおさらだろう。なるほど、的確な指示だなと思いながら、そのまま閉めることにした。儲けは八万九〇〇〇円。もう少しはいけた気がする。

株の用語で開始直後の売買のことを寄り付きというが、そこから一時間が勝負と、よし、覚えた。

携帯の電源を入れる。義父から電話が来ていた。折り返す。

「今日はどうだった」

義父は相変わらず素っ気ない。もう少し愛想良くすれば娘の態度も変わるのになと思いながら、口を開いた。

「自信は結構あったんですが思ったよりは稼げませんでした。元手一〇〇万円で八万九〇〇〇円の儲けです」

「一％近い額だ。スカルピングとしてはかなりいい」

「やっぱりお金をお借りした方が稼げそうな気がしました」

「借金してでも増やしたいところだな。分かった。金利は年五％だ」

金利取るのかと思ったが、まあ、これこそ金融、金のやりくりと融通だよなと思って微笑んだ。勉強も役に立つじゃないか。

「喜んで」

五〇万円なら五日でどうにかできる。向こうも分かった上での話だろう。銀行より安い。金利を取るのはまあ、娘への優しさだろう。金の鎖で縛らなくても逃げたりはしないが、それを口に出して説明すると嘘くさくなる。

「それと、度胸があるならレバレッジかけろ」

「レバちゃんってなんですか」

「てこだな。証拠金を証券会社に払って株を融通してもらう制度だ。銘柄によって売るときだけ、買うときだけ、両方大丈夫と色々あるが、元手の三倍までを借りることができる」

「儲けも三倍、損も三倍ですか」

「そうだ」

目のくらむような世界だな。リスクを取ろうとすればどんどん取れる。これが金融業界か。

「使いどころが難しいですね。体調のいいときなら三倍でもいけそうですが」

「休むのも重要だ。夜をゆっくり休むためにも、一〇時には全部現金に変えておけ」

「そうですね。値動きを気にしながら仕事をしたくありません。しかし、確かに儲かりますが、この方式でずっとやっていけますかね」

「無理だろう」

答えは端的だった。

「あ、やっぱり」

「体力、気力が持っていかれる。文字通り寿命が削られるくらいのストレスだ。できて数年がいいところだろう」

「それまでに次の戦い方を考える必要がある、そこから相談しよう」

「数ヶ月やれば見えるところもある。そこから相談しよう」

「分かりました。お義父さん。せいぜい期待に応えます」

義父は少し笑ったか、電話を切った。実際笑ったかどうかはわからないが、まあ笑った気がする。

さ、仕事仕事。着替えながらドアポストをみる。ポストには宅配便からの不在通知。今後九時から一〇時までは何があっても対応できなそうだ。妙に言っておいた方がいいかもしれない。

三日目には資金二〇〇〇万円で勝負。レバちゃんなし。五五分一〇一回の売買で、あがりは一二万三一〇〇円。八日で約一〇〇万円と思うと身が震える。自分に才能があると錯覚しそうで怖い。金銭感覚も狂いそうだ。今なら消費者金融から金を借りても利益が出る気がする。怖いからやらないが。

こういう自分たちみたいなのをなんて言うんですかと義父に尋ねたら、個人投資家、だと言う。

個人投資家か。社長より稼ぐのが投資家。似たようなものでなにかあったな。資本家か。

資本家が儲かるのが資本主義だっけなと学校で習ったことを思い出そうとして失敗した。個人投資家。語呂も悪いし胡散臭そう、収入に至ってはもっと胡散臭そう。まあでも、これで食っていくのはいい気がしてきた。たとえ、数年でやり方を変えざるをえないにしても。

アニメを見つつ、経済新聞を広げる。ここ一週間ですっかり経済新聞を買うのが癖になってしまった。たかが一週間で癖と言ったら笑われそうだが、株取引の鮮烈な記憶が強すぎて、ものすごく長い期間、こういうことをやっているような気分になってしまう。まだ一〇月の終わりというのにな。

それにしても、未だ経済新聞の読み方が分からない。これのどこが経済なのか分からない記事もたくさんだ。ただ、面白いのはたまに載ってる。例えば今日の記事では、コンピューターでダーウィンの進化論を実験というやつが面白かった。勝手に一部が書き換わる、自己をコピーするプログラム。それを複数、メモリ内に放って生存競争をさせるのだという。二〇〇〇年代初めからの実験では、なんと雌雄や寄生、草食や肉食などの分化をしたという。

大変興味深く、また面白いのだが。で、だから経済になんの関係があるのだろうか。それとも、関係ない記事も載せるのだろうか。よく分からない。まあ、殺人事件とかも載ってるからなあ。

しかし、毎日新聞を買いにいくのが大変だ。いっそ定期購読してもいいくらい。街のあれそれを見ても株価がどうなるかと考えるし、末期的だと思うのだが、ついにアニメを見ても株価が頭をよぎるようになった。

まあ、いよいよ社長業も引退というわけか。いや、まだだ。

週末になった金曜夜、妙を迎えに車を走らせる。妙の顔を見て、それで決めようと思った。義父の話しぶりは妙の残り時間が短いことを示している。でも、そうでもないかもしれない。

奥多摩には街灯が少ない。ハイビームで車を走らせるという、都心在住のドライバーがあまりやったことない経験をした。道を狸だのイタチだのが不意に横切るので神経を使うことこの上ない。早期の到着はあきらめて、一度道ばたに車を停めて休憩した。後ろから追突されてもかなわないので、道ばたといっても空き地みたいな場所である。

シートを倒して、少し休む。一〇月末というのにエンジンを止めても車内は暖かく、窓から見える星は倍以上に多い。妙に遅れる旨をメール。

そういえば、最近質問君からメールが来ていない。先方は先方で忙しいのかもしれないが、なんで忙しいんだろうと思っていたらメールが来た。

メールはいつものように素っ気なく。

〝なぜ地球は成長しようとするのか？〟

だけ。必要最小限すら割りそうな内容とか、用件しか言わないとか、どこか義父にも通じるところがある。若い義父だ。そして、またも哲学だな。人はなぜ成長を目指すか。難しい。当然だろうと思いつつ、当然の部分をうまく言葉にできない。国から個人まで皆経済成長を心がける。当然の気がする。結婚のようなものだ。そう、結婚。本能だな。本能だからと書いて返信した。質問君も律儀なものだ。

車内灯をつけて、経済新聞を広げる。最近これが面白く、よく見ている。初心者にも受けがいい用語解説コーナーがあって、そこではスカルピング行為について説明があった。自分がやっている行為と全然違うことがスカルピングとあって、びっくりする。投資顧問業者が顧客を誘導して利益を得ることで法律で禁止されていること。とある。うぉいお義父さん、用語間違ってますよと思って携帯で調べてみたら、先物ではスカルピングは頻繁に売買して儲けることとある。株でもそう言うことがあるらしい。用語として定着してないのか、つまりはまだまだ新興の手口なんだなと考え直した。しかも数年で消えそうな勢いだ。バブル経済じゃないが、自分は泡沫だなと思った。その先はどうなるんだろう。

携帯を閉じて、車を走らせる。見知った崖並びに近隣住民が勝手に駐車場にしているスペースまでたどり着いて、声をあげて喜んだ。夜中にひどく音が響く、モノレールというか、みかん山のみかんを運ぶものに跨《また》がって山の上へ。東京の別界というべき妙の家に着いた。明かりが見えるのはとても嬉しいと、都会ではなかなか思わないことを思った。

明かりの中で人影が見えた。急ぐ、抱きつく。抱き上げる、回る。ここまでを一気にやって抱きしめた。

「妙、ただいま」

「信くんどうしたの」

妙は顔を赤くして驚いている。驚かれるとは思ってなかったので、ちょっと驚いた。なんと言おうか迷って一言。

「いや、嬉しく」

「あー」

え、そこであーなのと思っていたら、横を向かれた。妙は顔が赤い。抱きしめ返された。

「なさけない顔しないで」

「でも」

「後ろ」

後ろって俺の後ろじゃないよなと高野は見渡した。妙の後ろに、妙の母が立っている。

あ、それか。正直すまんかった。見えてなかった。そりゃ妙もうろたえるわけだ。現に俺もうろたえている。

「す、すみません」

「いえ。まあ、娘が幸せそうなんでいいわ」

妙の母は、そう言って笑った。

家の中に案内され、客間に。義父の左右に妙の母と妙がこたつに座ったのが見えた。一足早く、この家にはこたつが出ていた。

自分も正座で座る。謎の沈黙。間が持たない。上を見る。いやもう、買ったあとだしなと考え直した。それで、えーと、妙さん、結婚しませんかと切り出した。

なぜか義父が顔を赤くした。妙の母は喜んだ。妙は横を向いた。これは予想外だった。

「いや、あの、なんで横を」

「私の体を心配してそう言っているなら余計なお世話です」

その反応は想像してなかった。正直あわてた。

「違う、なんでそうなるんだ」

「だって、まだデート一回だよ」

「うっさい。こっちは初デートだよ畜生」

妙が目を細めた。怒った。体の向きまで横を向いた。

「舞い上がってるのなら考えた方がいいんじゃないですか」

「なん、だと。う、嬉しくないのか」

横を向いたまま、斜め下を見る妙。

「まあ、嬉しいですけど」

「じゃあいいじゃないか。そ、そうだ。そもそも俺買うとか言ったろう。親娘で」

義父の方がよほど恥ずかしがっている。妙は口をとがらせた。

「別に、そんな意味じゃ」

まずい。この女、へそをまげそうだ。高野は正座しながら膝が砕けそうになる斬新な感覚を味わいながら妙の手を握った。

「すみません、結婚してください。俺がしたいんです」

「もう、しょうがないなあ」

崩れ落ちながらしょうがないなあは貴方の方ですと高野は思った。妙はため息を軽くついた後、優しく高野の前髪を手で払った。

「なんでいきなり結婚しようと思ったの」

「いや、再会したら嬉しかったので」

素直にそう言ったら、盛大に照れて横を向かれた。義父がこたつに突っ伏した。妙の母改め、義母は、料理、料理を、ごちそう作ってくる、とキッチンへ走った。

それで、結婚することになった。

今日は遅いので、泊まっていきなさいと言われ、妙の部屋に泊まった。イメージと異なり和室だった。普通の人の部屋とはアニメのポスターとかないものなのだな。ぶっちゃけ寒々しい。もちろん普通の人から言わせれば、オタクの部屋はケバケバしいとか気持ち悪いとかになるのだろうけど。

明かりを消して、さすがに声が聞こえるとアレだなと思っておとなしく寝ていると、隣の布団から手が伸びてきて手を握ってきた。

「信くん、結婚いやだったらいつやめてもいいんだからね」

寝ながらにして膝が崩れそうなことを言う。高野は天井を仰ぎ見た。まあ、寝ている時点で天井を見てはいるのだが。

「一生やれそうだから申し出たつもりなんですが」

「なんで丁寧語なの？」

「やめていいからねと言われて動揺してるんだ」

「お父さんに何か言われた？」

「いや、妙さん、貴方の言葉です。はい」

心の底から正直に言ったが、妙は無視した。冗談かなにかだと思っているらしい。遠い目をしたくなった。まあ、暗がりで何も見えないけれど。

「お父さん、お金でなんでも解決しようとするから。融資とかなんとかで信くんがんじがらめにされているのかなとか」

「お金は便利ではあるけれど、人を縛るのには向いてないかな」

会社経営的に言うと、人を縛るにはむしろ本人のやりたいことをやらせるに限る。つまり、向いてる奴に向いてる仕事をさせる。喜んで縛られたい奴は探せばいるものだ。そういう人物に限って、お金で人を縛るにはコストがかかりすぎる。取引のあるバンダイという会社では、仕事の報酬は仕事という合言葉で実に多くの優秀な社員を確保し続けることに成功している。かくありたい。

「つまりね。ええと、好きだから結婚したい。だけなんだけど」

しばらく、返事がなかった。暗がりの中、妙がこちらを向いたのを感じた。

「信じていい？」

「ご両親のいるところで言ったけど、皆の見てるところでも言った方がいい？」

妙は目を大きく開けてこちらを見ている気がする。手に手を持つ力がこもっている。

「信じるからね。嘘とか言われてももうダメだから」

信じるなら嘘もなにもと言い掛けて、黙った。妙が真剣そうだったから。惚れた弱みも、むろんある。

「信じろ」

むしろ、どうか信じろ。そう、言った。

翌朝になり、二人で手をつないで朝食のために食卓へ向かった。つないでいるところを義母に見られて恥ずかしかったが、昨日の今日で妙が何かを言い出しても、非常に困るので手を離すことはできなかった。もっとも、義父母の方がはるかに恥ずかしかったらしく、結果痛々しい雰囲気で朝食を迎えることになった。アニメより恥ずかしいことがこの世にはある、と世のオタクには言って回りたい。それで彼らに勇気が出るかどうかは分からないけれど。

どういうわけか妙の家には卵がたくさんあって、毎食卵が出てくる。そういえば、妙が作った食事にも卵焼きがあった。

今朝も卵かけご飯を食べながら、なんでだろうと考えた。病気にいいんだろうか。

「今後はどうするの」

義母がそんなことを言う。それで背筋を伸ばした。

「結婚します」

「ああ、うん、それはそうなんでしょうけど」

そういう話でもないらしい。じゃあなんだと卵かけご飯をかき込みながら考える。

「まずは家を探しつつ、式場などを押さえます」

「妙の体力が持つといいけれど」

「相談しながらなんとかします」

そう言った後で、恥ずかしそうに卵に醤油をかける妙を見る。

「ウエディングドレスを着せたいので」

「信くんロマンチストだね」

「え、俺？」

むしろ、妙のために言ったのだが。いや、しかし。最近分かってきたのだが、うちの嫁は、お前のためだとかいうと、へそを曲げる。すごい勢いで曲げる。ホーミングレーザーのように曲げる。レーザーは曲がらないはずなのにそれでも曲げる。それが妙。俺の嫁。

「まあ、そうだけどね」

仕方なくそう言った。いや、まだだ。ちょうどいい機会だ。言おう。背筋をさらに伸ばした。もはや剣を飲む勢い。

「それで、会社辞めて個人投資家になろうと思うんだけど」

「反対」

妙は予想通り、すぐにそう言った。さすがホーミングレーザーを持つ女。

「やっていけるのか」

義父が静かに、援軍を出してきた。ありがとうございますと思いつつ、うなずく。

「なんとか。八時二〇分から二時間くらいの仕事です」

「やだ」

妙は横を向いた。義母を見る。義母も難しい顔をしている。なるほど、この家では投資家という職業はいい目で見られていないらしい。

「だって労働時間短いんだよ」

「信くん長時間労働好きじゃない。いつも夜中まで仕事してるし」

「いや、ええと、長時間労働が好きな人はあんまりいな……」

単に家に帰っても彼女いないので会社でだらだらしているだけとは言えず、言葉を濁した。妙は、今度は納豆をかき混ぜながら横を向いた。

「社長ってそんなに簡単に辞められるの？」

「やめられるね。むしろ、会社なんてものは誰が辞めてもなんとかなる」

親父の話ではないが、結婚と同じようなものだと、過去の経験で得たことを思いながら言った。

「会社ってのは生まれた瞬間から誰からも独立した存在なんだよ。どんな人間が抜けても不思議となんとかなる。逆にどんな人間を入れても良くも悪くもならない。基本的にはね。会社ってのはそういうもんだよ」

妙は箸を口に当てて睨んでいる。社会人の経験がないからって難しいこと言いやがってという顔。違うよと見返したら、横を向かれた。

「とにかく反対。今の仕事好きなんでしょ」

「そりゃ好きだけど」

しまった。話題を振るタイミングを見間違ったか。参った。ここで仕事より妙の方が好きだとか言うと、妙はへそをまげる。すごく曲げる。それでいて仕事を優先すると、弱る。ほっとくと時間切れになる。難儀。まさに難儀。考えろ、考えるんだ。うまい言い訳を。

「好きだけど、あー。長い仕事、つらくなってきてて」

妙は横目でこちらを見ている。もう一押しか。

「好きな仕事だから、できるなら一所懸命やりたい。できないなら辞めるべきだと思ったんだ」

「私と別れれば……」

「そんな問題じゃない。年齢なんだ。俺は三五だ。オタクの定年だよ」

口から出任せ、実際オタクに定年などありはしないのだが、そう言ったら妙は恥ずかしそうにうなずいた。どうやら危機を乗り切ったようだ。

「じゃあ、部屋のおもちゃ、捨てられそうだね」

「え、いや、それは」

本気で焦った。妙は特に意地悪なことを言ったつもりもなく、納豆ご飯を食べている。これはいかん。倉庫を別に借りなければ。すみません。やっぱオタクに定年はありません。

「まあ、うん」

「でも、朝食は一緒に食べたいな。朝話しかけに行って、忙しいからと無視されるのもやだ」

妙はそんなことを言い出した。義父が胸を刺されたような顔をしてそっと経済新聞を畳んで足元に置くのが見えた。義母が悪巧みが成功した悪魔のように笑っている。

要は、父にやられて嫌だったことを、旦那にさせないようにしているわけか。気持ちはわかる。朝食どころでないだろうし、朝挨拶に行ったら無視もされるだろう。うん。投資してたらそうだよね。

とはいえ、投資家ではない彼女としては当然の要求なのだろう。食事中に新聞読まれてずっと嫌だったんだろうというのは、さっきのやり取りで分かる。分かるが。

俺もやりそう、いや、やってしまいそう。八時から一〇時までが、デイトレードする個人投資家には重要なのだ。取引中に宅配が来ても気づかない程度には集中している。誰かと話す間に値下がりしたらと思うと気が気でないだろう。

「ああ、うん」

考えろ。今後をうまくやるために。義父を見る。義父は胸を刺された上に腹も刺されたような顔をしている。死にそうな顔だ。助け舟は期待できない。

仕方ない。ここは自力で切り抜けるしかない。燃え上がれ、俺の七色の舌。

「もちろん一緒に食べるけど、少し早い時間がいいかな。二時間しか働かないんだから、その時間くらいは集中したい」

「んー」

妙は思案顔。仕事のために別れるとか言っておいて、仕事を優先させようとするところいう態度をとる。ひねくれ者というか天邪鬼というか。

高野は笑って箸を起き、妙の頭をなでた。妙は納豆を箸ですくいながら機嫌を直した。

「まあ、それくらいはいいかな」

「ありがとうありがとう」

面倒くささも魅力に見えたら人生終わり。人生の墓場である結婚まっしぐら。まあ、それもまたよしか。

問題はどこに引っ越すかと、いつ社長辞めるかだ。そんなことを考えながら食後の茶を飲む。

義父はダメージを抱えたまま自室に引っこみ、母と娘は洗い物。結果一人リビングに取り残されている。携帯電話をいじろうにも、ここには電波は届かない。

仕方なしに義父の忘れ物である経済新聞を読む。やっぱり定期購読しようかなあ。

日本の株価の低迷についての解説に目がいく。おお、これは俺も知りたかった。

日本株を買うのは、日本人だけではない。サブプライムショックに続く、リーマンショックでダメージを受けた海外の連中も、日本の株を買っていた。小泉政権で自由化してからその率は順調に増え、なんと半分近くが海外投資家からの買い付けだった。

その日本株をやってる海外の連中がアメリカやヨーロッパで巨額の損失を出し、借金返済だ株以外へのリスク対策だで現金が必要になったので日本株を売って、現金に戻している。

で。株価低迷。いや、迷ってはいないか。ただ低下している。自分で株をやってわかったのだが、元手はあればあるほどいい。借金してでも元手は欲しいものだ。ああそうだ。海外の投資家も同じだろう。だが借金はいつか返さないといけない。だから現金がいる。

経済新聞を読み解きつつ事態を理解。なるほど、なるほど。日本にあまり被害がなくても、日本の株価は低下するわけだ。しかも一度下がりはじめると、皆損切りする。もっと下がる前に株を売ってお金に換える。この過程でさらに株が値下がりする。

株っていうのは、難しい。上がるか下がるかだけなのに、それを予測するのは困難だ。

幸いなことにこの展開、自分だけが読めている訳でもない。皆読めてないから格付け会社から大きな投資家まで皆そろってやられている。

まあ、なんだ。つまりは俺がバカ、というより、皆バカ。ということか。基本、株価が上がり続けるなら、買って売ってを繰り返せばいいのだが、何かがそれを阻んでいるというわけだ。

目を移す。株価低迷の一方日本円は鰻昇り、ユーロとドルは価値がだだ下がりしている。

円の価値が上がっているんだから嬉しいことなのだが、各種の経済指標は必ずしも良くない。むしろ悪い。急激な円高で輸出産業が一斉に打撃を受けている。当たり前と言えば当たり前の話。そう、株も円高も、後になれば簡単な理由で説明できる。ただ、事前に予想するのは難しい。もしも予想できたら、もっと儲かるのに。上がるのが分かっていれば、今の反射神経頼りの薄利多売買ではなく、狙って売買できる。五分以内に撤退という必要もない。

将来的にはそういう風にならないといけない。反射神経が衰えだすと、現状のやり方も難しくなる。

そういえば、FXという金融商品があるという。外国の通貨を売買して儲ける金融商品。そちらもそのうち勉強したい。もっとも今は、株で手一杯だが。

洗い物と朝食で消耗したか、妙がやってきて横になった。新聞を見ているとどんどん不機嫌になっていくので、致し方なく新聞を閉じる。暇になる。この家には電波が届かないので質問君の質問もないし、新居について調べようにもネットに繋がらないので調べようもない。

いや、やることがあった。ぞんざいになでていると妙が横になりながら向こうを向きだした。これはいかん。全力で相手せねば。

妙が手を握ってきたので頭をなで続ける。まだ不満そう。頬をなでる。ちょっと嬉しそう。耳をなでるとくすぐったそう。目でもっともっとと、せがまれる。いや、この場所でこれ以上は危ない危険と目で訴えるが、妙は不機嫌になるぞと睨んでくる。致し方なく、そして義母がいつ戻ってくるかひどく焦りながら、背中をなで、尻をなでた。妙が声を上げそうにあってあわてて口を塞ぐ。

「続きは家でな」

「うん。じゃあ、すぐ帰ろう？」

妙は笑って言った。

思ったより短い時間、つまり二時間ほどで妙は元気になり、助手席に座らせて東京へ戻ることにする。

帰る際、玄関先で義父が頭を下げていたのが心に残った。

いい父親じゃないかと思う。頑張ります、と自分も頭を下げた。

行きは暗い中だったが、帰りは日中、動物も出てこず、見通し良く、風景もいい。随分楽しく運転できた。

途中、コンビニのおにぎりでお昼。妙はあまり食べると調子が悪くなる。調子が悪くならないように食べる量を控えると、今度は体重減少が止まらないという。消化器系の病気だという。

必然として、妙は外食の際ほとんど食べない。今後は家メシを充実させよう。新居はやはりコンロ二つ、いや、三つ欲しい。

ネット環境が充実していれば都内である必要はない。湘南か葉山か、伊豆でもいいな。海が見えるどこかにしようか。高いようならよそう。

「海の見えるところに引っ越すか」

「信くんは海が好き？」

「いや、そんなことはないけど」

「私は山が好きかな。夏でも涼しいし。鮎とか好きだし」

なるほど。義父はまあ、それで奥多摩にしたのだなと、そう思った。やっぱりいい人じゃないか。

「そっちの実家の近くに家を買おうか？」

あそこはものすごく土地が安そうである。うん。あそこなら東京都でも家が買える。おそらく埼玉よりずっと安い。交通の不便は地価に直結する。

「でも、奥多摩よりは都会がいいなあ」

「ですよねー」

そうなるとお金がかかる。そもそも今貯金として動かせるのは一〇〇〇万円。しかもそれに手をつけると個人投資家としてはやっていけなくなる。そこまで考えると少なくとも当分は無理。金を稼ごうと、そう思う。

妻のために、妙のために。金を稼ぐ気になってきた。今すぐ取引したい。

家に帰って一息。妙に袖を引かれたが、いや、いや。休めと身体を休ませた。性欲はあれども、嫁が一番。

翌日曜日は、二人して家に居ながらにしてネットで新居を探したり、結婚の手続きを調べたりした。マウスを持つ手を休めて、なんだか照れるねと妙に言われた時には、可愛らしくてうっかり押し倒した。

明けて月曜朝。妙が寝ている横でパソコンを動かす。温度があがる。冷房も最高にして眠りを妨げぬように努力する。いやまあ、エアコンやパソコンの作動音がうるさいのだが。そこは仕方ない。いや、やっぱり引っ越ししよう。別部屋で仕事するようにしよう。そもそも妙が後ろにいると思うと、闘志が減る。

取引は散々だった。勝率は六割を切って、うっかり一〇分近く保持している間に二〇円も下げた銘柄があった。売るか売らないか迷ったが、義父の言葉をあくまで守り、それで損切りを断行した。稼ぎは五〇〇〇円ちょっと。顔が青くなる話。仕事辞めようと思ったところでこれだ。自信がなくなる。

それだけではなく、仕事もひどいものだった。取引の悪さで集中できず、仕事上のミス連発。休んでくださいと部下の鮎喰に言われる始末だった。昼過ぎに家に帰って、一人がっかりする。

妙が起きてきて、どうしたのと、寄ってきた。抱きしめられる。

「信くん、どうかした」

「今日は失敗ばっかりだったよ」

「うまく辞められなかった？」

「いや、それはタイミング良くやる。投資がなあ」

「お父さんみたいに、引きこもったりしないでね」

「分かった」

嫁を抱いてなでると気分が落ち着く。優しい気分になる。ああ、そうか、こういう気分がいかんのだろうなと考えた。

優しい気持ちで金儲けは出来ない。そして嫁は、俺をいつも優しい気持ちに変えてしまう。闘志が減る。

一人で戦う場所がいる。引っ越しを急ごう。引きこもりと言われない程度で。

それにしても元手二〇〇万円で一日の稼ぎ五〇〇〇円か。泣けるなあ。これなら長時間のアルバイトの方が稼げてしまう。

いかん、気分がまた落ちてきた。

気分転換に携帯電話を見るのが当世風というべきか。

〝我々にも本能はある〟

首をかしげる。送り主を見直す。質問君だった。あれ。

もう一度文を見る。じわじわきた。

文章は相変わらず端的だが、今までと全然違う。なんということだろう、質問君なのに、質問ではない内容を書いて寄越してきている。思わず二度どころか三度見して、自分が不調だったことも忘れた。

質問君が質問以外をしてきた！

誰にも理解されないとは思うが、大ニュース。今まで一度もなかったパターン。

個人的には今年最大の大事件だ。とは思うが、誰かに言って理解されるとも思わない。あ嘘、俺の結婚があった。これが一番の大ニュースだ。質問君は二番目だな。三番目は義父から株をやれと言われた前後の演出だろう。あれはよかった。日常から、非日常に落ちた感じが大変よろしい。

質問君はそれ以上だ。

そうかあ、質問君は質問以外もするのか。え。ということはボットというか、自動応答プログラムではない？

どんな変人がこんなメールを送り続けているんだろう。面白くなってきやがった。

「なあ、妙」

「ん？　なに？」

顔が近いので思わずキスした。妙は笑ってキスを仕返した。うっかり何もかも忘れそうになる。そうじゃない。いや、でもキスの方が重要な気もする。いや、キスこそが重要である。

「なにかあったんじゃないの？」

再度のキスを求めたときにそう言われ、転げ落ちそうになった。いや、滑って転んだ。立ち上がる。

「うっかり我を忘れてた。そうそう、実は俺宛に変な質問メールが来ててな」

「ああ、迷惑メール」

妙は端的。うんと言い掛けて、それで会話が終わりそうなことに気づいた。頭をかく。まあ、ですよねー。

「あー、うん。ほとんどそういうもんだが……まあいいか、すまん。大して面白い話でもなかった」

笑う妙。首に手を回してくる。

「話を続けて。信くんがそういう話するの珍しい気がする」

「俺って普段どんな話してたっけ」

「私の心配？」

「まあ、そりゃそうだな」

「あとアニメ、マンガ、ゲーム」

「本当にすみません」

五体投地の勢いで謝った。妙は自分の顎に細い指をあてて考えている。

「仕事の話は聞いたことないかな」

「アニメより面白くないから」

妙は目を細めた後、抱きついてきた。

「でも、旦那さんのことなら知りたいかな」

やばい。俺の目はハートだぞと思った。いや、嫁だからいいか。

「何でも話します。脱税を税理士に勧められたこととか」

目を剝くようにして驚いている。さすがの可愛い嫁でも、これはちょっと可愛くない。

目元を指でのばして、整えてやった。

「まあ、やらなかったんだけどね」

「うん、何となく分かる。信くん悪いこと苦手そう」

「得意じゃなくて良かったと思うよ。あーいや、それで、そのほとんど迷惑メールから今日連絡があって」

妙の目が細くなる。

「逢いたいとか」

なんだか声も低い気がする。

「いや、いつも質問なのに質問じゃなかったんよ。我々にも本能はあるとかで」

目線を下に落とす妙。推理しているような顔。

「アダルト、か」

「違う。最近は経済のことばかり聞いてたんだが」

妙は顔を上げて、にこっと笑った。

「女の子だったら、優しくしてあげてね。私が死んだ後、信くんの世話してくれる人になるかもしれないし」

やばい、ホーミングレーザーくる。いや、来てる。ヘソがとんでもない角度に曲がってる。

「だから違う。過去のメール全部見せるからそれ見て判断しろ」

「いいよ。私、信くんのこと信用してるし」

してないだろ。と言い掛けて、高野は膝が砕けそうな気になった。妙は平静な顔をしているが、どこか泣きそう。

盛大にため息をついて抱きしめる。ぎゅうぎゅうぎゅうぎゅう、抱きしめた。

「お前が一番、お前だけだって」

耳元で言い聞かせると、妙は顔を上げてこっちを見た。心から心配している顔。

「ダメだよ。信くん歳もいってるし、すぐに再婚しないと子供できないから」

「いや、そもそも結婚すら考えてなかったオタクですがなにか」

横を向く妙。最近思ったが、この動作は照れ隠しではなかろうか。

「私のことなんて考えないでいいのよ」

実際考えなかったらすぐ死にそうになるくせに。そんなことを思いながら、抱きしめた。

ああもう、ひねくれ者め。うちの嫁は世界一可愛い。

「お前のことを考えて結婚する気になったわけじゃない。俺がその、結婚したいから言ったわけで」

妙は嬉しそう、というより、大変に真面目な顔。思わず二度見した。

「もう一度、くわしく」

「何を」

「結婚の動機と申し込みについて」

「いや、恥ずかしいから。そもそもプロポーズはもうやった」

妙はにっこり笑った後、高野の厚い唇を引っ張った。笑いながら怒ってる上に睨んでる。

「実家の夕食前に家族と一緒に言われるより、二人の時に言われたい。だから、もう一度言って」

「ああ、うん。なんというか、数日妙がいなくて、寂しかったので結婚しましょう」

恥ずかしいので目を逸《そ》らしながらそう言ったら、にっこりと笑われた。

「しょうがないなあ」

そう言ってキスされた。しょうがないのはどっちだと思うが、まあ、これはこれで、あり。二次元よりはるかに面倒だが、だがそれがいいと思わなくもない。

夜中、寒いベランダで携帯電話の画面を見直す。嫁には不評だったが、自分にとっては近年の大事件とも言える話だった。面白い。日常が壊れた感じがすごくした。いいね、この演出。俺はつまるところ三五の今でも非現実の世界に行きたかったんだなとそんなことを思った。子供っぽい話ではあるが、非現実の世界に行きたいと思っていたから個人投資家になり、結婚もしたいんだろうとも思う。そもそもオタクになったのも、非現実の世界に行きたかったからかもしれない。

考え、携帯電話のメールを見直す。少し笑う。そうだな。二次元とか三次元とかじゃなくて、非現実な体験に俺は憧れているんだろう。それが俺の原点だと思う。だから、こんなメールが限りなく特別に、そして面白く見える。

よく考えて、返信する。どんな本能？　と尋ねてみた。どんな返事が来るか、今からドキドキしている。どんな非現実が待っているのやら。

第三章 初めての大敗

翌日は、負けを引きずることなく、気持ちよく起きることができた。そういえば昨日成績が悪かったな、くらいの感じ。

吹っ切れたのは嫁と質問君のおかげだろう。イヤホンで景気のいいアニソンを聞きながら一旦は妙のことを意識しないようにして、取り引きを行った。嫁のことを考えると、それればかりしか考えられなくなる。勝負ごとに女は厳禁だというのは、わかるー。という感じ。

集中、集中と譫言《うわごと》のようにつぶやいて、九時からはじめて一時間、今日の稼ぎは、どうにかこうにか一〇万円。取引はじめて最高の成績。勝率は六割位。やっぱり俺、やればできるんだとかそう思った。それにしてもこの部屋の家賃はひと月七万二〇〇〇円プラスの共益費なので、一日でそれ以上に稼いでいることになる。家を買うのはともかく、借りるのであればそんなに困らないでいいかもしれない。

だんだん嬉しくなってくる。大勝利だ。二〇〇〇万円の元手で一日一〇万円稼いでいる。ひと月二〇日働けば、二〇〇万円。会社社長よりはるかに儲かる。これだ。これだ。いや、昨日の今日でなんだけど、半分としても月一〇〇万円。社長業と同レベル、今後もっと上手くなれば、成長すれば、もっと稼げそうな気すらする。

取引を手仕舞いしてパソコンの電源を切って振り向くと、妙が料理を作っていた。しまった。集中しすぎて気づかなかった。

おはようと言って、ごめんねと言う。妙はさほど不機嫌ではない。料理しながら笑ってくれた。

朝食を食べ……そういえば今日も卵焼きが……出社。出社五分で妙のところに帰りたくなるが、昨日の失敗もあって今日は早く帰れない。真面目に仕事しようと思うが、心は相場と嫁と質問君で一杯だ。ああ、俺は今幸せなんだろう。

株というのは面白い。勝てるゲームはだいたい面白いが、株も同じ。

今後はこれで身を立てる。さらば社長業。

ようやく個人投資家として本腰を入れる気になってきた。

そこから半月、レバレッジも使って派手にデイトレードを展開した。勝率は相変わらず六割程度、収益率も元手の一%を切る程度だったが、額としては平均して一日三〇万円以上は稼げた。やはり、投資は元手が第一だ。元手が二〇万円くらいだったら、一回大きな博打を売って終わっていたろうし、一〇〇万円でも儲けが少なすぎてサイドビジネスにもならなかったろう。数ヶ月で飽きて終わると思う。

専業でやるなら一〇〇〇万円。それがスタートラインだなと思う。

思えば義父は、そのあたりをよくよくわかった上で行動していたように思える。

そして専業になったのなら、元手は多いに越したことはない。一〇〇〇万円では元手を増やしていこうと考えると、ちょっと少ない。生活だけでカツカツだ。

やっぱり二〇〇〇万円は欲しい。それだけあれば元手を増やしながら生活を営むことができる。

夢が、広がる。

さしあたっての目標は結婚式の費用を捻出すること。引っ越し費用と新居の敷金礼金他を稼ぐこと。併せてその額三〇〇万円。これは祝日挟みつつ半月、実働一〇日で達成できた。

このまま計算でいけば年間で六〇〇〇万円稼げるな、と皮算用。笑いが止まらない。

これだけ儲かるとグッズ会社の経営には力が入らなくなるもので、説教される数が増えた。すまんすまんと言いつつも、家に帰れば嫁がいて、朝になれば勝負が待っている。なんて充実しているんだろう。

あとは元質問君からメールが来ればいいんだが、そっちは最近こない。どうしたんだろう。まあいいか。

意気揚々と取引を始める一六日目。一一月の半ば。

ほとんど思考することなく、身体が勝手に動いて上がっている銘柄のロウソク足チャートを開き、購入に進むようになってきた。コツをつかんできた。

実のところ注目すべき銘柄は、そんなにたくさんない。金と集中力をそこに注ぎ込めば、これまでよりずっと簡単に儲かる。

自分の成長を感じる。三五でも成長できるじゃないか。経済新聞や朝のニュースで見た内容が、株式の値動きに連動していることに気づき、利用し始めてからさらに株が面白くなってきた。

ここ最近の円高で、輸入比率の高いスーパーであるイオングループを筆頭に、安売り系の小売りや外食産業が注目されている。このあたりをピックアップして集中的に監視すれば、いい勝負ができる。

狙いは大当たり、開始四〇分の段階でこれまでで最大の儲けを出した。一円上がっては売りを繰り返していたが、目をつけた牛丼チェーン店はこの日ずっと爆上がりをしている。これは五分と言わず保持してたらもっと儲かったなと思いつつ、この日何度目かの購入をした。保有資金全力で購入。レバレッジというか借入金も注ぎ込んで四〇〇〇万円相当。

最後の一〇分で今日の大勝利にもう一つ華を添えよう。

そんなことを考えていたら、画面が真っ白になった。

サーバーの遅延。そのままメンテナンスに突入して株を抱えたまま取引が終了。血圧が上昇して高止まりになる感覚を味わう。

画面も真っ白だが、頭も真っ白だった。嘘ぉと思わず叫ぶレベル。

サーバーは、いつまでも復旧しない。腹が痛くなってくる。携帯電話で株価を調べる。株式市場そのものは普通に動いていた。となれば、今やっている証券会社のサーバーだけが死んでいるのか。

牛丼チェーンの株価を見る。一〇時過ぎたあたりで下がりはじめている。ライバル各社が相次いで安売り攻勢をかけることを発表し、相対的になんの発表もできなかったこの会社が、株価を下げる展開になっていた。

会社には出社したが、もう、気が気ではなかった。仕事、無理。という感じである。顔を真っ青にしていたせいで、しきりに鮎喰に心配された。

ちらちら携帯電話を見る。株価は五%以上値を下げている。具体的には一〇〇円近く値を下げた。

これは俺のせいじゃないよなと、証券会社に文句の電話を掛ける。電話はパンクしてつながらない。約款を見るとこういう時はお客様の負担とか小さく書いてある。血圧がさらに上がる。なのに顔が青い。

昼過ぎ、株価はさらに値を下げ、まさかの九％下落。仕事にならず家に帰る。ああ、義父が一日の取引の終りには株は手放せと言っていた理由が身に染みてわかった。これは駄目だ。

家に帰り、妙に機嫌が悪いのを悟られないように一日を過ごすのがひどくつらかった。

翌日。サーバーだけは復旧。ご迷惑をおかけしましたという表示を見て滅茶苦茶に怒る。

昨日から抱えたままの株を売って損を確定するか、それともそのまま保有するか、悩む。

義父の教えは一円下がったら売れ、だったが、一夜明け、一六〇円以上値を下げている。

損は既に四〇〇万円以上に達していた。

どうしよう。義父に電話するか。とりあえず少し様子を見ようと思ったがの運の尽き、すぐに値が下がり始め、泣きながら株を売る羽目になった。

ところがこの上さらに一撃。売ろうにも買い手がつかないで心臓が止まるかという気分になる。買う人がいないと売買が成立しない。誰が値下がりをしている銘柄を買うかという話だった。さらに安い値を指して、それでなんとか売り抜ける。

マイナスは拡大して五二〇万円。これのショックでその後不調に陥り、さらに損した。この日と昨日で、併せて六〇〇万円の損。稼げるはずだった金額六〇万円を加えると、六六〇万円のマイナスになる。

一〇〇〇万円の自己資金の六割が、一日で飛んだことになる。レバレッジをかけていたのが損害をさらに悪化させていた。

残り四〇〇万円と、義父からの借金一〇〇〇万円で俺は明日から食っていけるだろうかと考える。考えるだけで怒りと悔しさと絶望の気分に陥る。俺は悪くないよなということばかりが、頭にある。

落ちつけ。落ちつけ。

まずは計算しよう。元手が削れた。残り四〇〇万円。これで負けた六〇〇万円を取り返すのは、実は不可能に近い。稼ぐ力が半分以下になっている一方で、生活費などの出費は変わらないからだ。借金の一〇〇〇万円を加えれば、一四〇〇万円。これならどうにかなる気はする。一四〇〇万円でスカルピングに励めば一日五万円はいける。月一〇〇万円で年収一二〇〇万円。生活レベルを落として、元手を年二〇〇万円ずつ増やしたとして、三年かかる。一日の失敗を取り返すのに三年。それが現実。

生活レベルなんて落とせるのか。妙の医療費は高い。

やっぱり株なんかやるべきではなかったんだ。素直にグッズ屋に戻ろう。鮎喰や部下に謝って、最初からやり直そう。死ぬほど働けばどうにかなる。

いや、どうにもならない。いつか、深夜に家に帰ってきて、妙が一人倒れているのを見ることになる。駄目だ。

どうしよう、どうしようと妙の作った遅めの朝食、卵焼きを食べながら思う。味がない。

小松菜のお浸し、これも味がない。

考え直す。ため息。証券会社め。俺はミスなんかやってない。

気づけば妙が心配そうな顔で見ている。いかん、嫁を心配させてどうすると、オタクの演技力を総動員して笑顔を作った。変な顔だったか、妙が笑い出した。頭をかいて、ちょっと脱力。

「そんなに変な顔だったかい？」

「うん。泣きそうな顔で笑ってた」

妙は立ち上がって、よろけるように抱きついてくる。

「仕事の調子悪かった？」

「うん、昨日、今日と大不調だった」

小さい子のように頭をなでられる。

「別に隠さないでいいんだよ」

耳元でそう言われた。言った後で、考える様子。顔を上げて妙を見る。

「お父さんもこういう日あったのかな」

そんなことを言った。尋ねられているかどうか微妙なラインだが、答えることにする。

妙の実家は、全般として義父の評価が低すぎるように感じる。

「そりゃ、損を出す日もあるんじゃないか。別に本人に過失がなくても、損することはある」

「そっか」

妙は微笑んで旦那をなでる。顔色が悪い。そのまま力を失って崩れ落ちる。抱きとめて、ズボンの尻ポケットに入れていた携帯電話で病院に連絡。意識はあるが顔色がおかしい。時折痙攣する。大きな病院がいいと電話先のかかりつけ医師は言い、すぐに救急車を呼ぶ。株の負けにかまけて妙の様子をよく見ていなかった。ミスの上にミスが乗って、さらにミスが乗るようなどん底の気分。

怖くて、怖くて、これまで妙の病気について本人から深く説明を受けてこなかったことを待合室で反省する。彼女の生き急ぎ方からして、残り時間があまりないのは分かっている。義母が三時間かけてやってきた。

医師の説明を受ける。要するに、よく分からない難病。潰瘍性大腸炎と国指定の特定疾患であるクローン病に似てはいるという説明。消化器官の不調らしい。慢性的な潰瘍に糜《び》爛《らん》。それが広範囲に渡っている。今回は腸の狭窄が起きているらしい。閉塞だったら手術だったとのこと。

義母が医師に説明している内容を聞いても、同じ。検査しても原因は特定できず、今に至る。似ているクローン病の治療法を取っているという。

なんだ、説明聞いてもあまり変わらなかったなと、ぼんやりと思った。何もかもが他人事のように聞こえてくる。

それじゃどうしようもないですね。対処のしようがないということでしょうか。

そう言うと、医師は首を振った。そんなことはない。根本的な対処にはならないかもしれないが、対症療法はできると。似た病気であるクローン病だって根本的解決法はまだ発見されておらず、緩解と再燃を繰り返すのだと言われた。

対症療法で、緩解状態に導入してこれを維持することでどうにか病とつきあっているのだと。

対症療法。対症療法しかできないのか。不意に怒り狂いそうになったが、義母を見て頭を冷やした。義母はこちらを、心配そうに見ていた。

そんな目で見ないでも、僕が病気なわけじゃないんです。そう言い掛けて、そんなに単純な話でもないことに気づいた。ああそうか。義母は俺が、妙を見限るんじゃないかと心配しているんだ。

それで肩を落とした。まあ、そうすればよかったんだろうなと思いはするが、オタクの純情か、あるいは思いこみか、それとも、これが恋愛というものか、そんな理性的な行動は、とてもできない。これは投資ではない。だから、損切りもできない。父親が言っていたではないか。なるようになると。あれは、結婚生活を守るためには、全部を受け入れるしかなかったということだろう。俺もそれでいいや。

「えーと。まあ、分かりました。原因不明なのはとても怖いですが、分からないのは分からない。そういうこともあるんだろうとは思います。はい。それは一旦脇において、次の問題なんですが、うちの嫁の余命とかは、予想できるもんですか」

「分からないですね」

医師は端的に示した。なにせ前例がないとは言わないが少ない。そうでしょうとも。株と同じですよね。うちの嫁はと思いつつ、義母を見る。そう、妙は投資ではないが、株式市場にはよく似ている。演技力を動員して笑ってみせる。

「だ、そうです。あんまり悲観しないでも、僕より長く生きることだってあるかもしれませんよ」

おそらくはまあ、本当に株と同じで死んだ後には理由が説明できるんだろう。だがそれまではあやふやなのに違いない。

そして明日がどうなるか分からないということは、悪いことばかりでもない。

考えながら医師を見る。

「分かりました。原因が分からないままでお願いするのもなんですが、適切な対症療法の方、なにとぞよろしくお願いします」

頭を下げる。義母を安心させるために待合室で話をする。義母とは、妙の病気と一緒に戦う戦友めいた連帯感がある。

「そんなに泣かないでください」

「ごめんなさい。もう何年も泣けなかったんだけど」

泣かないではなく、泣けないという表現が、少々ひっかかった。

「泣けない、ですか」

「まだ、娘は女の幸せを知らないと思ったから」

最近とんと聞かないどころか、どうかすると男女平等の観点から怒られそうなことを義母は言う。

「でも、もう旦那様がいるんだもの。泣いていいわよね」

義母は涙を拭きながら言った。

「まだまだですよ。これからもっと幸せにしますので」

「本当にいい旦那様ね。なんにも教えてないのに、妙は優良株を選んだわ」

それが投資はこの一両日失敗ばかりで。と返事はできず、高野は妻の回復を待った。正直、怖くてすり切れそうなのだが、義母のおかげで助かっている。

待合室で、ずいぶん待つ。痙攣というのは初めてだったと、義母はぽつりとそんなことを言った。不安が募りそうになるが、どうにかしのいだ。なるようになる。なるようにしかならない。ああ、でも次があるなら、妙を全力で愛そう。いつが終わりでもいいように。

老いを心配する暇もなく、ここより日々を全力で走る。結婚はなるようになる。父と母に言われたときには適当だなと思ったが、深くていい言葉だな。

義母は義父が来ないと愚痴を言う。自分的には、義父が来るより義母の方が、いいような気がする。そもそも自分が父親だったらどうだろう。娘の世話ができるだろうか。どう話せばいいのかも分からなくて途方にくれたりはしないだろうか。義父が来られないのは、分かる気がする。それに義父は、生活費を稼がないといけない。

同性にしか分からないことなのかもしれないが、高野は義父に好意的だった。

そうだ。この際だからちょっとでも弁護しよう。そう思い立って声をかけようとしたら、いつの間にか義母は船を漕いでいた。居眠り。腕時計は一六時。西日がまぶしい。よく寝られるものだ。まあ、気が張っていたのかもしれない。待合室でやっていいことではないのかもしれないが、携帯電話を眺める。

メールが来ている。久しぶりのメール、いまや質問以外もする質問君からだった。なんて名前で呼ぼうか、考えないといけない。

〝我々の本能は探索である〟

文面を見る。首をかしげる。携帯電話の蓋を閉じる。よく分からない言葉だ。いや、まあ、先方は複数いるということか。いやそれより重要なのは本能だ。探索が本能という生き物か。

思わず待合室の中で笑いそうになる。この書き方では質問君は人間ではないということになる。なんて残念な日本語能力だ。まあ、前から変な日本語だったけど。

心の中でひとしきり笑う。こういう状況で笑えるのは重要だ。笑える限りは絶望で押し潰されることはない。

笑う。他人には分からない、俺の笑いのツボ。このメールを書いているやつはどんなやつだろうと想像する。最初は迷惑メールだと思っていた。つまり差出人は機械であり、文章を書いたのは機械翻訳だけかませた外国人だ。続いて、迷惑メールでないことが分かって、よく分からなくなった。で、このメール。まあ、冗談が好きな大学生か、自分が特別だと思いこんでいる中学二年生、このあたりか。うんうん、分かるぞ。三五の俺は、自分が特別でないと知ってゲームやアニメに逃げ込んだ中学生と、あふれる活力を無駄なことに費やした二〇歳の両方を経験している。で、今に至る。

昔の俺なら、どんな返信したらウケるかな。まあ、ボケ返すのが一番だろう。携帯を取り出し、メールの返信。

〝さては貴様、人間ではないな?〟

いや、これだとネタと分かるか。もう少し普通の表現にしよう。

〝もしかして: あなたは人間ではない?〟

これくらいかな。送信、と。経済のことばかり聞いてくるからなんだろうと思ったが、こういうネタならまかせておけ。伊達にグッズ会社の社長やってなかった。

一七時過ぎ。妙の意識が戻ったという。義母を起こし、病室へ。

「ごめんね」

妙が身を横たえたまま口にした。頬に触れて、髪の乱れを直してやった。

「謝ることはなにもないよ」

「でも、ご飯の途中だった」

「それはどうでもいいんじゃないか」

そう言ったら、横を向かれた。今の言い方はダメだったらしい。別の言い方、うまい言い方を考えないと。

「まあ、それに妙がこういう身体だから、俺も結婚できるんだし」

泣いていた妙が顔を動かすのが見えた。手を、引かれる。こちらも向き直す。はい、仲直り。うまくいった。よかった。

「そう言ってくれるなら、自分のことも許せそうな気がする」

「許すも何も」

義母の前でキスするのも恥ずかしく、頭をなでるだけにとどめた。思えば土下座スタートから、わずかな時間で随分遠くにきたもんだ。

「今日は入院だそうだよ」

「じゃあ、また明日ね」

妙は笑ってそう言った。妙を睨んだ。

「いや、俺もつきあうから」

「え、ダメだよ信くん、仕事あるでしょ」

「明日は休むよ。そもそもこんな状態の奥さんおいて、仕事できるわけがない」

そう言ったら、腕に抱きつかれた。ヘソをまげるかと思いきや、素直な反応だった。弱っているせいかと心配したが、答えは横から飛んできた。

「お父さんと違ってよかったね、妙」

義母がそんなことを言った。そのせいか。この二人は、義父に厳しい。

お義父さんはお義父さんで考えがあるのではと言おうとしたが、今は言える雰囲気でもなかった。ため息一つ。自分も子供を作ったら、誤解されないようにしないといけない。

まあ、嫁がこんな感じなので過ぎた心配だとは思うが。

それで病院に泊まり込むことになった。病院は宿泊施設ではないので、泊まると疲れる。妙が個室に入ったので、寝袋を持ち込んで身体を横たえることができるが、それでも疲れるのは確かだ。

とはいえ、いつが最後か分からないのだから、そばにはいたい。

問題は明日の稼ぎがないことだ。こういうことがたびたび起こるのであれば、どんな仕事をするにせよ、収入は思ったよりずっと伸び悩むことになるだろう。

翌日、昼前に退院。問題がもう一つ増えた。治療費だ。原因不明で名前もない病気は、通常の保険以上の補助が出ない。結構な金額を見ながら、これまで以上に稼ぐ必要があるなと思った。個室をやめるなどの対処はあるにせよ、金がかかるのは確かだ。

六〇〇万円の、負けが痛い。背中に重くのしかかっている。

そんなことを顔に出さずに手をつないで歩く。義父は、この手のかかるバトンというか嫁のために、これまでずっと仕事をしていたのであろう。いくらかかるか見通せない状況で一所懸命働いた結果が義母と妙の反応なら、これはちょっとした悲劇だ。

どうにか和解させたい。宿題多いな。俺。

家に帰って、住宅情報を開いてみる。山の方がいいとは言っても、嫁の状態からいって病院からあまり離れた場所は怖い。かかりつけ医のいるところの近くがよさそうなものだが、よく分からない病気に悩まされる人のよくある話としてあっちこっちの病院を渡り歩いて検査を受けている関係で、これといって決まった医者はないらしい。テレビで名医っぽい人を見るたび、娘を診せに行くのが仕事だった、とは病院で聞いた義母の話である。かかりつけ医がいないのなら、場所的には自由度がある。

それで、埼玉にした。大宮もほど近い日進という場所。緑もそこそこ多いし、裏は幼稚園という場所の一軒家が安かった。最近は子供の声がうるさいとかで敬遠されるために安いらしい。

自分が子供を作ることはないだろうが、ないと思うと子供の声もそんなにイヤではなくなるもので、それならばと、ここにしようかと考えた。家賃も月一〇万円、コンロは三つ。これだ。この家を第一候補にしよう。

そういえば、最近不動産を証券化したものの売り込みが多い。FXと同じく今は株で手一杯だからと手を出してこなかったが、リスク分散として将来的には考えてもいいかもしれない。いやでも、リスクを取らないということは、稼ぎも少ないということだしな。妙の最期のとき、それが何日になるか分からないが、つきあいきれるだけの財力が欲しい現状では、リスクは取らないと意味がない。妙を愛することは、ハイリスク・ハイリターンに同じ。いいじゃないか。何の不満もない人生だ。

妙の頭をなでながら、笑って見せる。まあ、なるようにはなる。

病気の妻に料理させるのがしのびなく、自分で料理をしようと思い立った。一人暮らしが長かったので、料理はできる。ただ、いわゆる男料理であり、主菜はともかく、副菜はとても怪しい。特に、コンロが一つの現状では、難しい。

ニンニクの効いたカレーを作る。作った後で、妙に食べさせるのはどうかと思ったが、妙は笑いながら食べてくれた。申し訳なさで死にそうになる。

いつもよりずっと早い二〇時前、妙は就寝。一部屋しかないので、自分も横になる。明かりを落とした部屋の中で、腕を組んで考える。

グッズ屋の社長は、もう出来ない。ダメだ。妙が心配すぎる。義父の教えの通りだ。彼女を愛し続けるためには、投資家になるしかない。

投資家か。元本というか元手を減らした俺にやっていけるのかな。ゲームで言えば攻撃力と防御力とヒットポイントを足したようなものが元手だ。これが削れたのは本当に痛かった。証券会社を訴えて取り返せるかは微妙だが、やるだけやっても返ってくるのは全額ではありえまい。ああ、そうか。別の証券会社と契約しないといけない。そんな簡単なことすら頭から抜け落ちていた。複数の証券会社と取り引きした方がいい気もする。手続きせねば。

負けを取り戻す方法を考えてみる。切り詰めて三年で取り返すのを、もっと短くできないか。もっといいやり方はないのか。

小銭を集めるようなスカルピングよりいい手段が。

現状、株価は総じて下がっている。リーマンショックでごたついてる関係で、これ以上のリスクを取るのは難しいと思う。なにせ一日株を保有し続けただけで大損する状況だ。つまり、スカルピング一択。他にない。

本当にそれしかないのかと、時計代わりの携帯を見る。まだ二一時。携帯電話のブラウザからネットに接続、証券会社が提供する金融商品のリストを見る。他社のものも合わせてみれば、膨大な数になる。日本で売られている金融商品だけでもこんなにあるのか。その利用法としての戦術はさらに数倍するほどあるだろう。元は金と時間で金を買うだけの金融商品に、どうしてこんなに種類があるのか。ほんの少し前の自分なら分からなかったろう。今なら分かる。リスクとリターンの程度に、たくさんの種類があるのだ。

リスクとリターンの濃淡は商品ごとに細かく綺麗なグラデーションになっていて、どの辺のリスクを取るかが重要になる。

銀行に預けるのが一番のローリスク。ただ、ローリスク過ぎて金利だけで食っていくのは難しい。というより、無理だ。年利〇・一%では大変な金持ちでも金利では食べていけない。

金利で食うとなると、もっとリスクの高い金融商品を買うしかない。

自分のやっている株は、中でもリスクが高い。それより低いリスクが、社債になる。国債はもっと低い。ここまで来ると銀行に預けるのとあまり変わらない。逆に言えば、リスクも低い。日本という国が破綻する確率は低いから、まあ妥当だろう。

夫婦二人の生活費に加えて高い治療費。そういうのも含めて考えると、リスクはどうしても高くなる。株、やっぱり株か。そして現状はスカルピングぐらいしか手がない。でもそれでは金が足りない。

思考の迷宮に嵌《はま》りそう。どれだけ考えても、いい手が浮かばない。それぐらいスカルピングは優れているということか。かえすがえすも義父は考えに考え抜いた結果として的確な指示をくれたように思う。妙を愛するために、愛し続けるために必要な技法は義父から学んだようなものだ。

やはり、義父と妙や義母が不仲なのはイヤだ。仲直りを考えたい。宿題宿題。

携帯電話が不意に震えて落としそうになる。メールだった。質問君から。どんなジョークが飛びだしてくるか、楽しみに開く。株や妙のことで気分が下降しがちな昨今、このメールが唯一の楽しみだった。

〝我々は他環境から来た知的生命体である〟

おお、宇宙人か。しかし、仕込みが長かった割に平凡だなと思った。返事を書く前に一旦携帯電話を閉じる。

どうせならこう、美少女世界とか魔女っ娘世界からきたとか、そういう設定にならんものか。今時宇宙人襲来なんか早川書房でもまずやらんぞ。

説教の一つでもやってやるかと思いつつ、いや、しかしと考える。

宇宙人がメールで連絡を取ってくる。これは斬新ではないか。

たぶん初だな。アニメでは見たことはない。んー。それならまあ、許す、でもいいかな。

しかし、美少女世界の方がいい気がする。なぜそうしなかった。

いや、待てよ。考え直す。相手が女である可能性もあるな。いや、しかし。それなら何故美少年世界にしなかった。それらが好きでもないのかな。日本人で美少女、美少年が嫌いな奴もいないだろう。となれば、作者外国人説もあるか。

外国人相手に説教しても、土台というか美意識が違うんだからそもそも意味がない気がする。こうして考えると本当に宇宙人みたいだな。

いや、待てよ。不意に目を開いて携帯電話をチェックし、文言を読み直す。

〝我々は他環境から来た知的生命体である〟

これは、外国人であるとも読めないか。いや、翻訳が下手なだけで、本当に外国人である可能性が高い。なるほど、なるほど。そういうことか。

それじゃあ、返事を考えないとな。

〝こちらはあまり成長できていない。そちらの探索は順調か？〟

送信、と。

それで、自分でも驚くほど満足して寝た。

翌日。株は一旦お休み。まだちょっと、勝負するのが怖い。会社に行って新作のアニメ視聴。七話連続で見終わったあたりで知り合いのアパレル会社の役員から連絡。アパレル

といってもオタク向けのもので、一部の業務内容はウチの会社であるアクシオと被ってい
た。具体的にはTシャツやコスプレというアニメキャラの仮装のための小物などである。
最近は共同で商品を開発することもあれば、一部の商品を融通しあうこともあった。つま
りは友好的な取引相手だ。

「どうしました？」

気分転換ついでにちょうど良い。高野はのんびり受話器を取った。型どおりの挨拶の後、
先方が話を切りだしてくる。

「高野くんところ、委託の工場やばいという話だったけど、大丈夫？」

そういえばそういうこともあったな。もう随分前の事にも思えるが、ひと月程度しか経
っていない。

「ああ、それでしたら、中国政府ががんばってくれて事なきをえました。向こうの経済対
策五四兆円だそうですよ」

「日本じゃ信じられない数字だねえ」

「向こうはオリンピック後の反動が出かけていましたから。ともあれ世界中から賞賛され
てるみたいです」

経済新聞の受け売りを言う。それにしても中国も思いきった手に出たものだ。会社が潰
れるかどうか、瀬戸際だった頃は何も知らなかったが、その後二週間で、結構勉強したつ

もりである。それで分かったことがことがある。中国はドはずれた金融緩和、それも量的金融緩和をやってきている。

量的金融緩和とは、銀行金利を引き下げる以外の金融緩和をいう。平たく言えばお金を刷って市場に流すことだ。

なぜ金融緩和をするのかといえば、不景気だからである。不景気では例えば株は値下がりするので現金化して保持する。現金で保持し続けるということは、商取引が行われないことをいう。これを別の言葉で言いかえると不景気になる。いわゆる、財布のひもが固くなるというやつだ。これを改善して景気を良くするために金融緩和を行うが、金利をどんなに下げても、つまり〇《ゼロ》%でも、財布のひもは固いまま、動かなくなるときはある。この金利ゼロ状態での不景気という非常事態をどうにかしようとして編み出された非伝統的政策が量的金融緩和だ。

現代では日本がやり出したこととされる。二〇〇一年から二〇〇六年までやって、その効果は意見がいろいろあるものの、総じてそれなり。とされる。それなりなのは手法の問題ではなく、日本がやったそれは徹底されてないためだという批判もあった。リーマンショック後の今は、世界中のあちこちの国で量的金融緩和がなされている。中国だけでなく、アメリカでも、イギリスでも、スウェーデンでも。日本と比較して徹底したものを実施している。

量的金融緩和はその国の為替レートを押し下げるので、現状では、一人日本の円が独歩高になる展開を作っていると言えなくもない。おかげでそう、中国に生産を委託している我々にとっては、原価がどんどん下がっている。輸出企業は大変だろうが、輸入企業は助かっている。

ああ、そうか、この政策が維持されるなら、輸入系の株を長期保有してもいいかなと考えた。今度義父に聞いてみよう。

「まあ、ともあれ一段落です。ご迷惑をかけました」

電話先に頭を下げた。困ったときに声をかけてくれるのは、真の友人。ありがたい話である。

「そうか、そりゃ良かった。実はまだ困っているようなら、支援できないかと思ってね」

「支援ですか」

「うちもおかげさまで大きくなりつつある。更なる飛躍として高野くんをうちの取締役に入れてさ。合併とか考えてたんだが」

世の中チャンスというものは転がっているものだ。思わず席を立ち上がって飛びついた。失った元手を補填できるかも。

「僕抜きで合併とかできませんか」

驚きの声が聞こえた。高野は舌なめずりのあと、事情を説明し始めた。

そして夜。帰り道はとても楽しい。

話は、とんとん拍子に進んでいきそうである。先方乗る気で、部下である鮎喰に話をした。彼が取締役という形で先方の会社に入社することになれば、これまでの働きに報いることができた気がする。

鮎喰は目を白黒させたが、俺結婚するんだと打ち明けたら、存外すぐに受け入れてくれた。結婚はオタクの終了だと信じているところがあったらしい。最近の不調を理解しているようでもあった。

株式会社としてのアクシオの売り抜ける金額《バイアウト》は四〇〇〇万円。保有している株の全部、つまり発行株式の五五％に当たる。残り二〇％が鮎喰が持っているやつだ。鮎喰の株は先方の会社の株と交換になって、彼は向こうの会社の役員になることになっている。

それだけやっても年間一億を三人で売り上げていたから、先方からすれば安い買いものといえなくもないし、もう少ししぶればもっと出してくれそうな気もしたが、まあ、いいか。

先方は先日の工場騒ぎから事業拡大のチャンスと見て話をまとめていたんだろう。で、今になって連絡してきたと。まあ、自分で立ち上げて思い入れのある会社だったが、嫁があれじゃ仕方ない。金は嫁と一緒に居られ続けるために使ってやるさ。

それにしても四〇〇〇万円。敗者復活戦に勝ち上がった気分になる。うまくいけば個人投資家としての道は大いに広がるだろう。投資家は作業は同じでも元手で収入が変わるのだ。

それにしてもリーマンショックというピンチから、自分の個人的環境は激変しつつある。それともいや、変なメールが来だしてからか。それとも階段の横に、女が座ってからだろうか。

勇躍、家に帰ってドアを開ける。妙は何かを隠しながら立ち上がった。

「仕事辞めてきたよ」

「え、もう？」

「まあ、まだ残務処理はあるけどね。で、何見てるの」

妙は恥ずかしそうに横を向いてる。首を動かして後ろ手に隠しているのを見たら、分厚いので有名な結婚雑誌だった。

やっぱり、結婚式にあこがれみたいなのがあるんだなと、優しい気分になる。

「見てただけよ。暇だったから」

「ウエディングドレス着てほしいというの、覚えていてくれたんだ」

そう言うと、妙は顔を真っ赤にしてご飯作ると宣言して離れた。ほっとけば思わず押し倒すところだったから、まあ良かったのかもしれない。

体調と相談しながら諸々決める。入籍は来年六月。結婚式も同じ日にしたい。両家の顔合わせは結婚式の時でいいだろう。あ、親に電話で報告しなきゃ、いや、直接連れて行った方がいいのだろうか。

やりたいことばかりが増える。

翌日から、ぼちぼちと株を再開した。資金を集中運用させず、可能な限り細かく分散して購入することにする。リスク分散というやつだ。前みたいなことがあったら、この手法でもダメだろうが、やらないよりはずっといい。

一画面をあてて開いているニュースサイトでは、このあいだの証券会社のシステムダウンが、トップ記事になっている。なんでも非難囂々で、大変なことになっているとか。

まあそりゃそうだ。自分だって被害を受けたんだから。そんなことを思いながら目を通す。システム復旧には手間取り、復旧は明日朝からという。

問題は原因で、クラッキングによるものだという。仕掛けた犯人は不明で、警視庁のサイバー犯罪捜査班が民間業者と組んで捜査を開始したとのこと。

おいおい、俺の口座は大丈夫かと怖くなった。別の証券会社で口座を開くように申請はしているものの、口座が開くまでには二週間かかる。

復帰一日目は、五万円と少しだった。いいか悪いかといえば、悪くない。

まだ本業であるグッズ会社の役員報酬は、全額を元手に繰り入れた。辞めるまでのしばしの間、これで元手の回復にあてる。

今日の取引が終わったので携帯電話の電源を入れる。着信あり。見慣れない番号だが折り返し電話。相手は証券会社だった。

お詫び、対処、原因究明は今やってます。よく分からないけど安全です、お詫び、お詫び。

サラリーマンも大変だと思うような一連のやりとり。顧客やお金の流失に大変な神経を使っているようだった。まあ、そりゃそうか。

このニュース、会社が飛んでもおかしくないインパクトがある。

正直に、今後御社との取引は、どうするかは分からないと言うと、再度謝られた。しまった。話がまた長くなった。

疲れ果てて電話を切り上げ、携帯電話を放り出す。こういう時は妙の尻をなでるのが一番だと立ち上がったら、また着信。携帯電話を拾いに行く。今度はメールだった。差出人は元質問君、現宇宙人君。

〝探索は順調ではない。現在別のプロトコルを理解しつつあり、そこから探索を行う予定である〟

メールはそれだけだった。つまりはまあ、なんだ。近況報告か。まあ、元気なんだろう。

宇宙人は株で損したりせんだろうし。

年が改まって一月の末、会社に出社して退任の挨拶のあと、公証人や弁護士の立ち会いのもと、会社を売った。四〇〇〇万円。四〇〇〇万円の現金を見てみたいと思ったが、残念ながら振り込みだった。

別れ際、鮎喰は真剣な顔でいつでも戻ってきてくださいと言ったが、苦笑して手を振るだけにとどめた。

今度この業界に戻ってくる時は、妙は死んでいる。そうならないことを、願うばかりだ。いや、そもそも妙なしで生きていけるんだろうか。そんなことを電車の中で考えた。終点まで開かぬドアに身を預けて、ぼんやりと駅で買った経済新聞を見る。あれから数度、韓国の金融機関がアタックされて一度はATMが動かなくなるという大事件が起きた。日本でなかったので被害は限定的だが、株式市場は数日にわたって警戒感がみなぎっている状態だった。

ニュースの解説を見ると北朝鮮によるサイバー攻撃ではないかという話だが、実際のところは分からずじまいだ。日本の証券会社の件と関係あるかも分からない。

関係あるかも分からないから、今の程度の警戒といえなくもない。二つが関係あると思われたら大騒ぎだろう。ただでさえ下がっている株がさらに下がる可能性がある。

家に帰りつく。妙に社長生活が終わったよと言って、スーツを脱いだ。妙が作った卵チャーハンの昼飯を食べ、今日も彼女が生きているという幸せをかみしめる。妙とつきあいだしてから、毎日が楽しい。少なくとも、また全力で走れている気はする。

「それにしても良かったの？」

「何が？」

「会社売って」

「むしろ。今しかないと思ったね」

世界同時株安と言われるようになった今、会社を買ってくれるというのは嬉しい限り。むしろ僥倖だった。足下を見られたところはあったかもしれないが、それにしても会社を買うなんて判断した先方はすごい。彼らはリスクを取ったのだ。逆境をテコに勝負をしている。

「私の心配なんかしないで、仕事していいから」

相も変わらず、おそらくは思っていることと全然違うことを口にする妙。

「できるかーい」

そう言った後、妙に笑って見せた。

「そうそう、それで新居の候補を立てたんだけど」

「どんなの？」

「埼玉はどうだろう。奥多摩より都心が近い」

「山の中？」

「いや、住宅地かな。公園は近くにたくさんあるみたい」

口には出さないが、病院も近い。

「候補はそれだけ？」

「いや、いくつかあるんだ。選んでもらおうと思って」

食事の後で見せることを約束して、最近アニメを映さなくなってきたテレビを見る。アニメが映らないのは番組編成の問題ではなく、結婚のせい。

昼のニュースは一段の円高と、証券会社のクラッキング事件続報。クラッキング事件は直接の関係者ではない他の証券会社を利用している者にも不安を与えており、結構な騒ぎになっているという。

「逆境をテコに勝負をかける、か」

「どうしたの？」

「いや、俺もそうすべきかなと」

「仕事の話？」

「そうそう」

今日の株式相場は大荒れ。明日も大荒れの予感。だとしたら、勝負に出てもいいんじゃないか。この世でデイトレーダーだけが、株安展開でもうきうき仕事を始められる。

会社を売り抜けた額に今使ってる一四〇〇万円を足して五四〇〇万円。口座に入れて運用を始める。すぐに証券会社の支店長がご挨拶したいと電話をしてきた。地獄に仏を見たような感じで感謝され、高額入れるとこういうこともあるんだなと思っていたら、IPOがどうのこうの言う。まあ、いつか分かりませんが、そのときはよろしくなどと適当なことを言って、電話を切った。腕を回す。気分が乗ってきている。

明日はどこでどう暴れようか。今日の感じだとネットセキュリティ関係の会社が激しく値を上げているという。まあ、そりゃそうか。それと円高を追い風に石油関係の会社が値を上げている。当然、下がっているのは証券会社関係と。売りと買いが交錯し、分厚い売買が行われているのはやはり石油関係か。

明日は石油関係でいってみよう。

大まかに標的を決めたらあとは出たとこ勝負である。つまり昼飯の後は、嫁を愛でる以外にやることはない。優しい顔で頭をなでていたら、盛大に横を向かれた。嫌だったのかと思いきや、腕を引っ張られた。もっとやれというお達し。抱きしめ、キスして、耳を噛んで幸せな気分になる。

「あのね、信くん」

「大丈夫。嫁の身体が第一」

今日は押し倒さないという覚悟でそう言った。妙は笑って服を脱ぎだしている。

「そうじゃなくて、リスクの話だけど」

「仕事かい？」

ううん、と首を振る妙。笑ってみせる。

「私、信くんの子供が欲しいかな」

「うぉい」

思わず叫んだ。妙は微笑みながら首を傾ける。

「嫌？」

「嫌じゃない、嫌なわけないだろう。いや、独身の頃は子供なんてと思ってたが、結婚するとなったら考え変わった。子供は欲しいさ。でもな」

「つまり、最近？」

「ああ、うん。ここ数日なんだけど」

妙はまた笑った。嬉しそうに。

「私も結婚するって決めてから、考え変わったの。これが遺伝しても、まあいいかなって」

妙は吹っ切れたような顔で高野に抱きついた。

「だって私、幸せだもんね。幸せになれるんなら、これで生まれてきても、別にいいやって」

小さく舌を見せてそう言われ、抱きしめ返した。抱きしめることしかできなかった。女は愚かである。母は偉大である。この二つは、矛盾しないと思い知った。

妙の顔を見て、口を開く。リスクを取るのだけが、投資ではない。

「分かった。でもまあ、まずは医者に相談だ。遺伝はともかく、母胎の安全を考えないと」

妙は明確に答えなかった。こりゃどういう診断が出ても子供を作るつもりかもしれない。

翌朝、取引開始。気合いは十分、休養も十分。市場は大荒れ。

今日は稼ぐことができそうな気がする。市場はどう動けばいいのか、乱高下している状況だ。前より少しは成長したことを見せてやろうか。

何を重点的に見るのかは昨日のうちに決めている。石油だ。それで勝負する。

これまでと同じように数をこなす。すでに暗証番号は身体が覚えており、意識せずに入力できる。その上で、石油関係に限っては二円以上上がるチャンスを待つ。リスクは二倍。リターンも二倍。

予想通り、石油関係はもつれる展開。売り買い交錯し、値が激しくつけ変わる。目指す勝率はいつも通り。六割。それで大打者というやつだ。もっとも勝率六割でも大損することはあると、過去の教訓は教えてくれている。

集中、集中。

時の流れが遅く感じる。石油関連株を保有している間は、特にそんな気分を味わった。長くて五分しか保有していないのに、二時間は持っているような気になった。石油関係の株はゆっくり値上がりしている。取引自体は分厚い。これはいけるんじゃないかと思いながら買い、そして二円あがったところで利益確定のために売る。

製紙関係は値動きが少ない。買いはしたが、値動き五分なし。売る。この日新作のゲームが出るとかでゲーム会社の方も値動きを見ていたのだが、こちらも動きらしい動きはなかった。株の動きに影響しそうな事柄を材料というが、この材料、気づいたときにはすでに値動きが終わっていることがある。いわゆる折り込み済みだ。ゲーム関連は発売スケジュールが出た瞬間で買ってもいいかなと思った。いや、それはそれで気が長いか。現状はあくまで現金での保有が基本、右肩下がりの株を長期間保有してもいいことはない。

一時間で取引終了。疲れ果ててPCを落とす。

「どうだった？」

空調に加えて窓を開けて換気しながら、妙が言う。額に汗をかいている。それに気づいたら、身体から一斉に汗が吹き出た。マンガのようだと自分で思った。

「勝った、勝った」

椅子から転げ落ちるようにベッドに倒れながらそう言った。熱い。ベッドが汗臭くなると気づいて、すぐに立ち上がる。シャワーを水で浴びる。ちゃぶ台前に座る。妙は朝食を作り始めていた。

「どれくらい勝ったの？」

「一七〇万円位かな」

妙はこちらを振り向いてびっくりした顔を見せている。

「まあ、元手の三％も勝つなんて一〇年に一度もないだろうから」

「なんだかお金持ちになったみたい。信くん、才能あるのかもね」

「どうかなー」

しかしこのところ休み、その前には大敗しているので、一週間のトータルでいくとさして勝ってもいない。むしろ、全然勝っていない。

まあ、勝ってる話ばかりが人の耳に入るんだろうなと、そんなことを思った。この世に楽な仕事はないが、そういう風に誤解したがる人間はたくさんいる。誤解したがって誤解したあげく、憎悪する人もいる。アニメ関連のグッズ作っていたときもそうだった。投資もまあ、同じだろう。

もう金曜日だ、明日明後日は取引は休みになる。今日はとても働いたので、休みなのはありがたい。

「そうそう、新居きめようか」

「うん。調子が良かったら、下見とかもしてみたいね」

妙はそう言ってゆで卵を食べた。

食後、意識が途切れて昼寝。妙が買っていたお菓子を食べる。卵一杯のカステラ。

「脳が疲れているんだね」

妙がベッドの縁に腰掛けて、旦那の頭をなでている。枕に伏せていた顔を動かして、妻を見る。

「脳が疲れていると甘いのを食いたがるのか」

「うん。脳が、ブドウ糖を取りたいんだって」

なるほど。いや、グッズ作っていたときもアニメ見ていた時も頭を使っていたし、個人投資家になってからは反射神経ばかり使っている気もするが、そういうものなのかもしれない。

「ブドウ糖だけって売ってるの？」

「スーパーとかならあるよ」

妙はこちらの顔をのぞき込みながら言った。その笑顔を見ていると、自分も笑顔になってくる。

「よし、後で買いに行ってくる」

「一緒にいこ？」

「大丈夫か」

小さく頷いた妻と二人、ゆっくり歩いてスーパーへ。手をつないで歩くと、仕事する気が湧いてくる。目線と同じ高さに見える妙の鼻の頭が赤いのが可愛い。

昔は好きで仕事をしていたが、今は家族の為に仕事をしたいと思ってる。まあ、そういうもんだよなと腑に落ちた気がした。意に添わない仕事ができる人を昔は尊敬していたが、今なら自分でもできるような気がする。

坂道をゆっくり下っていく。店の前の放置自転車が最近気になるのは、手をつないで歩くせいだろう。太陽高く、日差しは強いが木陰に入ると涼しくて、秋がこれから深まる感じがした。

そして嫁は可愛い。小さく鼻歌など歌っている。彼女を幸せにしたい。心から。オタクだけど。

「そうだ。この際だから役所に行って、もう書類出してこようか」

「なんの？」

「婚姻届」

妙はまじまじとこちらを見た後、横を向く。手を引いて歩く。

「事実婚でもいいんだからね、でないと、すぐにバツ一になるかもしれないし」

「子供、欲しいんだろ。だったらちゃんとしよう」

妙が顔の向きを変えた。立ち止まって驚いている。驚いているのに、高野も驚いた。

「信くん、嫌じゃないんだ」

「だから、嫌じゃないって前も言った。いや、むしろ欲しいかもと言ったよな？」

「そうなんだ。分かった。じゃあ、結婚する」

なんだそれはと腕に抱きつかれながら高野は妙を見た。人の話を本当に全然聞かない妙は、だが、本当に嬉しそうに笑っている。それで、高野は怒るのをやめた。このひねくれものにものを信じさせるにはどうしたらいいか。

妙は人差し指を顎につけて考え事をしている。

「そうだ。いつか指輪欲しいな」

そうか。そういうものもあった。

「すぐに買いに行こう。タクシー拾う。銀座にしようか」

「銀座？　高いんじゃない？」

妙は銀座と聞いて苦笑している。あまり縁がないらしい。一方こっちは、イラストレーターが個展を銀座の画廊で開くこともあって、それなりに歩き回ったり、買い物をした経緯《いき》《さつ》があったりした。銀座、高いのはたしかだが、品質はいいのが揃っている。結果として病気がちな妻を、歩かせるリスクは減る。足を棒にしていい物を探すという選択は、もうなかった。

「高くていいんじゃないか」

「男の人って、本当にその辺考えないんだね」

「そうか？　何店舗も回るより、高くていいものでいいじゃないかと思うけど」

「どうりでアルマーニのTシャツなんて着てると思った」

ちなみに高野は、自社製品のTシャツなどは着ない主義だった。なぜならサンプルは大事にラッピングして保存しているからである。ハイブランドを使い倒すことはできても、心血注いだ自分の努力の結晶をラフに使うなんてとてもできなかった。一枚二〇〇〇円のTシャツでも、権利を取りに行き、イラストレーターに絵を発注し、テストで発色を何度も確認し、家の洗面台で洗って色落ちを見たりした思い出に満ちている。

順番として、婚姻届をもらって、指輪を買いに行った。銀座のブライダル店で指輪を選び、サイズ合わせだなんだで、即日の受け取りはないことを知った。嵌め込む石のグレードや、その輝きについての説明を聞いて、知らない人に高額な物を売るためのメソッドがあるということに初めて気づいた。

これまで作品を知っている人、愛している人に価値があるものを売ることばかりをしていて、そういう、パンピーというか一般人むけの商売や宣伝、売り方をしていなかった。

なるほど、なるほど。業界辞めた後にビジネスチャンスを見つけた格好で、少々残念な気分になる。

店を出たら夕方。銀座のメシはうまいのだが、妻の体質を慮《おもんぱか》ってタクシーで家に帰った。正確には、家近くのスーパーまで行って、そこで買い物して帰った。

家にたどり着いて、ブドウ糖を買うのを忘れたことに気づいた。明日、どうにかして調達しよう。チョコだのケーキだのを食べるより、ブドウ糖を直接食べる方がカロリーは低い気がする。

休みが明けて月曜から一週間、月をまたいで二月に入る。勝ちが続いた。どんなに稼いだ日でも日の利益率は元手の二%を超えなかったが、額として一日平均四〇万円以上を稼ぐことができた。株価が下がる中では上出来だろう。

週で二〇〇万円以上の稼ぎ、ひと月四週で一〇〇〇万円を越え……ないだろうなあ。

捕らぬ狸も乱獲で尽きたらしく、高野は現実的に考え直した。妙の体調や負けることも考えれば、半分。それでも、月五〇〇万円は驚異的な稼ぎだ。元手あっての話とはいえ、金融はおいしい。ただし、サーバーが止まらない限り。

もっとも、新聞やネットの掲示板を見る限りは、株の値下がりで損をした連中を中心に、多くが手持ちを現金化して様子を眺める展開に移りだしていた。宵越しの株は持たないデイトレーダー以外は日々損をしているのだから、当然そうなる。

この調子だと取引が薄くなって儲けるのに苦労する可能性がある。売りにしても買いにしても、相手がいるから成立する。相手がいなければ、取引にならない。

週末には指輪を受け取り、妙の実家へ。婚姻届を出すには証人がいるということで、それぞれの父親にお願いすることにした。今週は妙の実家、来週は自分の実家に挨拶かねて行く予定である。

結婚なんてすぐと思っていたが、意外に手間暇がかかる。

それにしても予定がずいぶん変わっていっている。結婚式と入籍は同じ日にしようとか、六月に結婚とか思っていたのに、どんどん早回しで進行している。両家挨拶も吹っ飛ぶ勢いだ。

まあ、仕方ない。明日はどうなるか分からないし、嫁は可愛い。

助手席に嫁を乗せ、レンタカーで走る。トヨタのコンパクトカーなのだが、これまで酷使されていたせいか、どうもエンジンの調子が悪い。

「車買うかな」

「前の車はどうしたの？」

「会社に遺した。というか、譲った。営業車ないと、苦労するし、会社としては車のない日というか、穴はあけらないから」

「そっか。新しい車はどういうの？」

「もう都内に住むこともないだろうから、少し大きくてもいいな」

もう慣れてしまった奥多摩への道。携帯電話にメールの着信。元質問君、現宇宙人君からだ。随分時間かかったなという印象。安易な設定に気づいて、設定を一週間ばかり練っていたのかもしれない。

嫁の実家に着いたら見ようと、運転に集中する。慣れない車の上にエンジンの調子が良くないとなれば、これが随分と気を使う。だから、どうにかこうにか麓《ふもと》の駐車場についてた簡易モノレールに跨がったときには、随分疲れた。気力回復にとブドウ糖を半袋ばかりかじる。喉が渇いて仕方ない。

結婚の挨拶といっても、プロポーズの現場に居合わせた妙の両親のこと、特に何事もなく挨拶をし、妙を頼む、と義父に言われた。分かりましたと頭を下げる。言われなくても頼まれる気だが、託す義父の気持ちもあろうというものだ。むしろ、だからこそ大事にしたいやりとりだった。

ところが妙もその母も、笑いながら雑談して我々のやりとりなどないかのよう。そのまま二人で、夕食を作るとキッチンに立ってしまった。

義父と二人、手持ち無沙汰になる。何か話そうと思えども、話題がない。いや、あった。こういう時こそ、投資の話だ。義父こそ投資の師匠であった。

「最近少しずつですが、慣れてきた気がします」

義父は頷いた。ほんの三ヶ月ほどで、随分と老け込んだ気がする。

「収益は悪くない。若いのはいいな」

言葉まで老け込んでいる。いやこれは、元気づけなければ。

「いやいや、僕は若くないですよ」

そんな言葉では全く響かないらしく、義父はどこか、遠くを見ている。

「私や、退職金を元手にやっている個人投資家よりはずっと若い。とにもかくにもこの局面で黒字なのはたいしたものだ」

「そうなんですか。まあでも、確かに株価は低迷してますからね」

「私はもう数週間取引してない」

「そう……でしたか」

損をした、ということだろうか。それなら老け込むのも分からないでもない。

六〇〇万円損して、個人投資家になるのをやめようかと思った時はあった。自分に一〇〇〇万円貸してくれた義父を見る。あれは、取引しないから貸してくれたのかもしれない。

義父は肩を落とした。男二人では、肩を張る必要もないということだろうか。

「お前に教えた方法は、私にはできない、反射神経も、気力も衰えている。ポジショントレードはこの局面では無理だ。資産半減とまではいかないが七割にして、今は市場を見ているだけだ」

率でいえば俺より負けが少ないじゃないか。

「えーと、ポジショントレードってなんですか」

さておき、手を挙げながら言った。あえて若造を演じて教えを請うスタイル。まあ、実際分からない言葉だが。

「株の所有時間の大まかな区分だな。スカルピングトレードが一番短い、デイトレードはそれより少し長いがその日のうちが限度だ。スイングトレードだと数日にまたがる。数週間から数ヶ月に渡る株の保有がポジショントレードだ。それより長いと長期投資の部類になる」

「なるほど」

株を数週間、数ヶ月も保有するとなると、リーマンショックからの世界同時株安の影響を露骨に受けることになる。この局面では損切りして現金に変えておくのが筋というものだろう。様子見もまた投資なのだと、最近になって分かった。勝てる気がしないときや体調が悪いときは、取引をやらない勇気が、いる。

義父は沈痛な面持ちをしている。

「ポートフォリオを見直して、ディフェンス銘柄を中心にできないかと考えているが、難しい」

「ポートフォリオにディフェンスですか」

「株や債券の組み合わせがポートフォリオだ。ポートフォリオを駆使すれば、理論上は儲けはそのままにリスクだけを減らせる。それを理論的に証明した経済学者はノーベル経済学賞を取った」

「おー。なんか分かりませんがすごいですね。ディフェンス銘柄というやつは、名前からして防御ですか」

「そうだ。守りの銘柄だ。ディフェンシブというときもある。値動きがあまりしない、景気ともあまり関係ない生活必需品や電力会社などがそれにあたる。こういうのなら比較的堅調に推移するので、得は少ないが損も少ない状況になる」

こんな状況でも東京電力の株は強いという。

「ローリスク・ローリターン、というわけですね」

「ああ。だがそれ以上に、株は下がった。大損失だ。仲間も随分減った」

もうダメだという響きで語る義父。投資家が資本をなくすというのは命取りだ。どれだけ元手が消えたか分からないが、元手を失う前のようには動けなくなったのだろう。稼ぎも激減しているはずである。それが義父を、弱気にしているように思えた。

なんと声をかけていいものやら考え、何も言えない自分に気づく。知識があるでなし、義父の性格がよく分かっているわけでもない。助言も励ましも、適切なものを口にできない。

そのうち食事ができたとお呼びがかかり、話は沙汰やみになってしまった。

食後、自分ではどうしようもないと思いながら、もやもやしたものを抱えて妙の部屋に入る。畳敷きの和室で、荷物は少なく落ち着いた印象。むしろ、異様に少ない気がした。この量なら、まあ、確かに俺の家に転がり込んでも不便は少なかろう。

「荷物少ないな」

「いつ死んでもいいように、ね。本とかゲームとか読んでいる途中で死んだら嫌だなあって思って、買ってないし」

俺の表情に気づいて、妙は笑った。

「結婚決まる前の話よ。今は、読んでもいいかなって。簡単には死にたくないし、子供欲しいし、途中で終わっても、続きは何年先になるか分からないけれど、旦那様に話してもらえそうだし」

手をひらひらさせて呼び寄せ、妙を抱きしめる。大人しくしている妙。

「だから、昔の話だからね」

目をつむりながら言う妙。高野はうまいことを何も言えず、ただ抱きしめた。

「信くんが面白かったものを、順番に読んでみる」

「分かった。総力を挙げて面白いのをチョイスする」

盛り上がったところで布団を敷いて横になる。妙は調子が悪いのか、早々と寝てしまった。盛り上がり損ねたがそれより妙は食後に調子を落とすことが多い。消化器系の病だから仕方ないのに、今日はそれがやけに気になった。

ダメだな。義父が力を落としているのにあてられたのか、どうも気分が下を向いている。どうにか上に向けなければ。

携帯電話を取り出す。こういう時こそ、これだ。質問君あらため宇宙人君のメールを読む。

それにしても今回は返信まで随分かかったな。やっぱり設定練り直していたんだろうか。それとも向こうで新学期がはじまったか。

メールはいつも通り、そっけない。

〝我々の探索は順調ではない。通信システムに続き、二重通信プロトコルも理解したが、接触は連続失敗している。この通信といくつかだけが、まともに連絡できている状況である。完全な手続き、信号によっているのになぜ接触ができていないか、不明である〟

もう一通メールが来ていた。連続メールは久しぶりだな。

〝我々が接触できない理由は何か？〟

うーむ。良くひねってある。できれば最初からこのレベルで来て欲しかった。宇宙人のネタばらしが早いんだよなあ。こっちのメールが先に来てたら、なぞめいていて盛り上がってたのに。

まあ、なんだ。宇宙人は自分たちのメールが迷惑メールだと認識されていることに気づいてない。自己紹介しないで直接話題を振っているからだ。簡単なことが分かっていないことで宇宙人感を出しているのだが、エンターテインメントとして見た場合、もう少し視聴者に、いや、メールだから読者か、どちらにしてもうまい誤解を与えるべきだろう。目の肥えたオタクとして説教すべきかどうか、悩む。そんな仕事ではグッズを作るまでいかんぜと言いたい。でもまあ、素人の仕事に口を出すのも、あ。そもそも自分は今業界関係者でもなかった。

携帯電話を抱きながら腕を組む。なんだか余計にモヤッと来た気がする。良くない、これは良くない。

どうせ圏外ですぐには返事ができるわけでもない。まあ、明日帰ったらメールしよう。

しかし、なんでメールの返信が不定期で遅くなるのか、その辺の設定が知りたいな。

目をつむり、寝る。三〇分目をつむり、一時間で眠れずに起きた。取引がない日は、そんなに睡眠時間が要らないことを思い出した。そう考えると取引で普段どれだけ疲れているか、よくわかる。

暗い部屋、嫁が横で寝ている中で一人目が覚め考える。考えるのは宇宙人君のことである。取引のことは休日にまで考えたくないし、義父のことは、ちょっと対応を思いつかぬ。必然としてどうでもいいことばかりを考えるわけだ。まあ、それに、やっぱり自分は、少しオタク業界に残りたかったのかもしれない。だからこういうメールにもつきあってる。

天井を見ながら、首をかしげた。考え直す。

まあ、そこまでではないか。そもそもメールのやりとりは会社やってた時から始まっていたんだから、ちょっと違う。そもそも、お前は人間ではないなと尋ねたのは自分からだし。まあ、こんなもんか。やはり自由対話方式だと面白い話を描くのは難しいのかもしれない。

翌日になって、朝食を食べる。妙は帰るのを見越して食べる量を制限している。ただでさえ痩せているのに大丈夫かと思いつつ、支度をして家を出る。暖かくなるように妙の首にマフラーを巻いた。義父母が並んで玄関先まで見送りに来たのが、印象的だった。

「そうそう、二人に言っておこうと思って」

簡易モノレールに荷物を積む途中で、義母が言った。

「なんですか」

最後の荷物、妙の着替えが詰まった鞄《かばん》を載せながらそう返した。義母は笑っている。

「妙も片づいたし。私たち、離婚するわ」

「ちょ」

妙は特に反応を見せなかったが、こちらとしては青天の霹靂《へきれき》、人間至る所に青山ありだった。あわてて玄関先まで戻り、義父母の顔を見る。義母は吹っ切れていて、義父は表情に困っている。

「何がどうしてそうなるんですか」

「前から決めてたの。もし妙が結婚したら、そうしようかなって」

義母は重荷が下りたような顔をしている。高野は義父の肩をつかんだ。

「それでいいんですかお義父さん」

「仕方がない」

「仕方なくない！」

モノレールに積んだ荷物を、もう一度降ろして部屋に運んだ。

「妙、戻るぞ」

妙の手を引き、モノレールから降ろす。妙は困った顔。

「信くん、私とお母さんは……」

義父を嫌ってる。か。

「知ってるが、俺にはどうも、納得できん。男だから分かることもある」

そう言って居間に全員を集合させ、説教大会を開始した。

「えー。新参者の家族ではございますが」

手を挙げた妙を指さした。どうぞ。

「異議アリ！　そうはいうけど、信くん、仕方ないところもあると思うよ」

妙は正座して言った。

「仕方なくない。というか、前から思っていたが、この家はなんでも唐突すぎる上に報告、連絡、相談が足りてない。会社失格です」

「会社じゃないよ。家族だよ」

妙は唇を尖らせる。対抗してもっと唇を尖らせた。

「家族だろうと報告を怠れば不満が溜まる。連絡が取れなければ独走がはじまる。相談がなければ連携がとれない」

「まあ、だから離婚するんだよね」

義母の言葉。

「離婚の前にほうれんそうやりましょうよ！　なんでいちいち極端なんですか、この家は」

妙のホーミングレーザーへそ曲がりや話を聞かない態度などは、この家のあり方に問題があると常々思っていた。今となってはそれが悪いとは思わないし、そこが可愛いのだとも思いはするが、家庭崩壊の理由になるのでは困る。

ついでに、義父は正しく評価されるべきだろう。

「いいですか。ここのお義父さんは、意外に家族のために働いてますよ」

「どうかしら、娘が倒れても駆けつけたりしないのよ」

義母の言葉に膝の向きを変える高野。

「誰かが入院費や生活費を稼がないといけないんです」

「お金はいっぱいあるわよ。うち、ケチでこんな家に住んでるけど」

義母の意見はありがちな誤解というものだった。高野は自分も長らくそう思っていたと頷いた。

「ケチではありません。投資の世界では元手というか、元手、元本をある程度以上持っておかないと稼げなくなるのです。元本が四〇〇〇万円あるからといって三〇〇〇万円の家を買ったら、残りは一〇〇〇万円。この時点で稼ぎはおよそ四分の一、いや、もっと下がるかもしれません。危険なことができなくなるのでその分収益率は下がる。一〇〇〇万円の元本で日にうまくいって四万円から五万円の稼ぎです。お義父さんの年齢から考えたり昨今の株価低迷を考えると半分いかないかもしれません。投資家の元手は金の卵を産むガチョウです。殺しちゃいけないんですよ」

「でも、日に五万円でも十分だと思います」

妙は手を挙げて言った。言いたいことは分かるが、そこも違う。

「さっきも言ったが、日に四、五万円はあくまでうまくいった時の話です。直接の関係者以外は、いっつもその〝うまくいけば〟〝最良で〟〝問題が起きなければ〟を、当然のこととして織り込もうとする。違います。うまくいく日もあればうまくいかない日もあります。どちらかと言えばうまくいかない日の方が多いのです」

息を吸って、再度まくしたてる。

「それに、仮に毎日四万円稼いだとしても月二〇日で八〇万円にしかなりません。というとサラリーマンよりはいいように聞こえるけれども、まず儲けには二割の課税が入ります。この時点で六四万円。さらに売買手数料が入ります。取引に使う機材、会社の社会保険とかを自弁する関係で実際は健康保険料や税金他で月一〇万円以上は下がり、この上娘さんに関する諸費用、つまり交通費とか入院費とか考えると、たぶん赤字になります。元手一〇〇〇万円じゃ全然ダメなんです。預金通帳だけをみてケチとか思うのはやめましょう」

正論を言ったつもりだが、なぜか不満そうな義母と妙。二人を見返す。両方、よく似た顔立ちをしている。こちらも負けじと目を三角にする。

「どんな商売でも、商売道具がないと十分な商売はできません。投資家にとって元本を削れというのは大工に大工道具を売れというのと同じです。その後に同じように働けとかいうのがおかしいんです」

「でも、そんなこと聞いてなかったし」

義母はさらに唇を尖らせる。

「そこです」

高野は膝を勢いよく叩いた。

「最初に戻りますが、この家は、意志疎通が十分にできてない！　家族だから言わないでも分かってくれると思っているのかどうかはわかりませんが、僕から言うとですね、家族を維持する最低限の努力すら怠っています！」

その後、これまでのホーミングレーザーの恨みを晴らすかのように意見を言った。いや、恨んではいないけれども。

肩で息をするまでここがヘンだよ妙の実家と話をし、終わったときには義父も義母も妙も黙って下を見ていた。そこで我に返った。

「あー。まあ、結果として離婚というのなら何も言いませんが、長年の連絡不足は特定の誰かのせいではないと思います。この家は甘えの上に甘えを乗っけた砂糖の塔です。それでいてよく揺れると皆が不満を溜めている。そんな建物作ったのは皆のせいでしょう」

「砂上の楼閣ってこと？」

「どういう表現でもいいですが」

少々気恥ずかしくなりながら、話をしめくくる。妙が顔を上げる。

「信くん、実は熱血だったんだね」

違うと言いたかったが、疲れて言い返すのも面倒だった。黙る。

「まあ、今は信念君がいて稼いでくれるんだから、彼に任せて私も病院に行くべきだった。仕事もうまくいってなかったし」

義父がぽつりと言った。

「だが、そんなに簡単に気持ちは変えられなかった。稼がなければと、そう思った」

「最近うまくいってないとか、そういう話全然したことなかったじゃない」

義母は少し気を取り直して怒った。

「心配させたくなかった」

義父の返事は短い。ため息をつく義母と妙。まあだが、先ほどよりは優しい感じだなと思った。

「ずっと引きこもって、何してたの」

義母の言葉に、顔を伏せる義父。

「不安な顔や、いらだたしい気持ちをぶつけたくなかった」

「バカなことを……」

義母はお茶を入れながら言った。

「信くんも大負けしたとき、私が不安になるような顔してたな」

妙は茶菓子を出した。朝食が少なかったので、食べ足りなかったらしい。あるいはすぐに帰ることはないと踏んだか。

「そうなの？　信念さんも？」

「うちはワンルームなんで筒抜けです」

「いいわねワンルーム」

義母は真顔で言った。妙も頷いている。高野は焦った。

「いやいやいや。狭いですよ。あとやっぱり仕事での嫌なこととかは見せたくないですし。あと、嫁の顔を見ると闘志がにぶります」

妙は少し驚いた顔。

「信くん私より仕事が好きなんだと思ってた」

「んなわけあるか。あとこの会話何回目だ」

だからどうしてそういう風に解釈する、と高野は睨んだ。

「じゃあ新居もワンルームにしようよ」

妙はいいアイデアを思いついたような顔をしている。

「部屋が狭いだろ、空調の問題もあるし」

「暑いのは大丈夫。あとおもちゃ捨てれば場所広くなるよ」

「やめてー俺の青春まで捨てないでー」

妙は笑顔のまま怒った。

「私と一緒なの嫌なんだ」

「そんな話じゃない」

高野は即座に言った。妙は睨んでいる。

「じゃあ、なんでワンルームじゃ嫌なの。私は信くんの顔を見たい。たとえ不機嫌でも」

「だから、嫁見るとやる気がね」

「私、足引っ張ってるんだ」

「違う」

「じゃあ、いいじゃない。ワンルーム。家賃たぶん安いし、あんまり稼がなくていいよ。私も働くから」

「あのなあ」

妙は本気そうだったが、高野はため息。どうしてこうなる。仕事してる姿は見たがるし、出来もしないことしたがるし。仕事なんかやっても倒れたら勤め先に迷惑なだけだ。

「やっぱり足を引っ張ってるんだ」

妙は小さい声で言った。

「足を引っ張るも何もないだろ。金が目的じゃない。嫁が目的で金が手段だ」

「でも仕事してるときに顔見たくないんでしょ」

「顔を見せたくないと顔を見たくないは大分違うぞ。前から言いたかったが、俺の意見を勝手にねじまげるな」

妙は横を向いた。高野は妙の顔を両手で挟んで自分の方を見させた。

「頼むから、俺の言うことをそのまとってくれ」

「まあまあ」

義父母が、同時に止めに入った。気づけば話が変な方向に曲がっていた。

「私も拙速だったわ。ちゃんとお父さんともう一度話してみるから」

「うん。信念君も、その、妙は病気がちなんで手荒く扱わないでくれ」

あれ、この人たちまるで俺が悪いような感じでまとめてる？

説教大会第二幕を開始しようとして、義父母に止められた。妙が傷ついた顔をしているのを見て、即座に休戦して娘の救援に出たらしい。

結局もう一泊することになり、半ば強制的にスーパーに買い出しに行かされた。三人で話すことがあると義父は言い、ありがとうと礼を言った。

高野は、怒りさめやらぬ。お礼を言われたのはまあいいにしても、妙がああなのはあんな風に娘を可愛がり過ぎるせいだ、と説教したい。病気だから労《いた》わるというのは分かるが、それと甘やかすは違うだろう。そもそもお前等が爆弾おくから俺は嫁と喧嘩になったんじゃ、と一人簡易モノレールに跨がってわめいた。

モノレールが動き始めて首が大いに揺れ、冷静になった。まあ、落ち着こう。二〇代は怒るだけでよかったが、三〇代ともなると、怒りを収めることも覚えなければならぬ。

まあ、この怒りは宇宙人君にぶつけよう。大人になるというのは、ずるくなるということだ。なってないぞこのシナリオ、と大説教大会してやる。

暗い気持ちで携帯電話を手に取った。モノレールが山を下り、電波を拾うのを待つ。

あれ、メールの着信音。またも宇宙人君から。

画面に目を落とす。心、ざわめく。

〝我々は経済を知ろうと過去MSI証券会社、並びに朝大銀行というブロックに接触したが途中から拒否された。その理由を知らせよ〟

銀行はよく分からないが証券会社の名前には見覚えがある。いや、忘れたことは一度もない。この間まで自分がメインで使っていたネット証券会社だった。先日サイトがダウンして、エラい目にあった。さしあたって携帯電話を閉じて、新鮮な空気を深呼吸。駐車場横の東京の川とは思えないような清流を眺め、水に沈んだ石の隙間を泳ぐ魚などを目で追いかけた。

まあ、なんだ。

やるじゃないか宇宙人君。この演出は憎い。見事、見事だ。現実とのリンク感半端ない。

そうかー。そこでこうくるか。この間の大規模障害はお前等のせいかー。死ねー！　首はどこだ、俺が絞めてやる、派手に絞めてやる。

そう考えた後、我に返る。レンタカー会社に連絡しつつ、そう、買い出しだ。買い物リストは我が手にある。

バスで五〇分、自分で運転して片道四〇分の道を走りつつ、木漏れ日を浴びながら考える。あ、そうか。結構大きなニュースになってたからなと思い直した。危ない危ない。もしかしてほんとの宇宙人かとちらりと思った自分が恥ずかしい。現実とフィクションの見分けが一番ついているのはオタクであるという自説が崩れるところだった。そう、犯罪でよくフィクションと現実が混同されて云々というやつがあるが、あれはフィクションとの接触が少ないからそうなるのであって、好きで大量に見ていれば現実との見分けは簡単につくようになるはずである。ましてこの高野信念、一線は退《しりぞ》いたがつい先日までオタクの中のオタクであった。

誰も通らない交差点の前で信号待ち。目を細める。

その上で言おう。ようできとる。実在の事件に絡めるのは不謹慎と思いつつ、演出としては優れていると言わざるをえない。

いや、一瞬騙されかけたよ。と一人車中で苦笑しつつ、どこかひょっとしてと思っているこの感覚が斬新で楽しい。こういうタイプの文芸というか、そう、メタフィクションは現実で問題が起きたときに責任を負いかねるので最近ないんだよなと思いつつ、車を発進させた。

独立系の雑貨屋みたいなスーパーの前に車を停め、携帯電話を取り出す。どう返信しよう。

いやまて。ここまで面白いのが来ている以上、生半可な返しは相手に失礼だ。おお、そういえば怒りがどっかに飛んでいったぞ。しかし、宇宙人君はどうやってピンポイントで俺と関連する証券会社を洗い出したんだろう。

買い物かごに頼まれた物を入れながら考える。いや、別に関連とかは知らないのだろうと考えた。単なる偶然の一致。それしかない。こちらは情報を出していないのだから当然だ。

その上で、返事だ。

妙の実家に戻る前に、電波が届く間に返事を出したい。どんな返しをするべきか。この会話の行き着く先は何か。相手の目的は何か。

実は本当に宇宙人でしたという考えが、頭に貼り付いて離れない。ジョークだとわかってはいるのだが、ひょっとしてという気もする。まあ、ジョークなんだろうが。やるなあ、作者は。

買い物終わり。車に乗り込む。答えるべき質問は二つ。

――なぜ我々はコミュニケーションがうまくいかないのか。

――なぜ証券会社へのアクセスが遮断されたのか。

どちらもに簡単に答えられる。怪しいから、非合法だから。手続き守れ。それだけ。ただ、もし本物の宇宙人だったら、正確に答えていいものか迷う。いや、前提がおかしいな。オタクがこんなのに騙されちゃいけない。まあ、普通に答えよう。

運転しながら文案を考える。

〝やりとりがうまくいかないのは、信用が担保されていないためである。証券会社への連絡がうまくいかないのも、同様である〟

〝信用とは、予告と実行である。予告したことが正しく実行されれば、信用は得られる〟

こんな感じだろうか。有言実行すればそれがなんであれ信用はされる。犯罪予告だろうとなんだろうと、有言実行を続ければ、信用され、予告を出した時点で対応をとられる。信用とは、そういうものだ。もっとも投資の世界では、信用とはお金、もしくは支払い能力のことである。

山の麓の駐車場に車を戻し、送信する段になって考えを改める。

とんでもない有言実行をされても困る。とはいえ、別の手があるでなし。投資の世界なら資産公開しろ、なんだが。

迷いに迷ったあげくとして、そのままの文面で返信した。ジョークに真面目につきあう自分に少々腹が立ったせいもある。

買い物袋をみかんが入っていそうなコンテナに入れ、自身はシートに跨がって紐を引っ張り、エンジンを始動させる。貯金箱のような料金箱に一〇〇円を入れ、妙の家に向かった。

このモノレール、使用者はおそらく妙の家の者だけであろう。そう考えると行政のサービスはすごいなと思った。

これを税金の無駄という人もいるかもしれないが、税金が困っている人のために使われていることを確かに確認できた気がして、悪い気はしない。

宇宙人のことを考えつつ、妙の家から数十m離れたモノレールの終着点にたどり着く。買い物袋を持って歩く。鼻の頭を赤くした妙が玄関先に所在無げに立っていた。エンジン音が聞こえたので、迎えに出てきたのだろう。目を合わせようとしないあたり、まだ怒っているのかもしれない。

詫びないぞ！　と、思いはするが、横を見てる彼女の横顔を見て、ものすごく悪い気になる。

「ごめん」

「ごめんなさい」

同時にそう言った。妙は恥ずかしそうに笑った。思わず抱きしめた。買い物袋が妙の背中で揺れた。

「ごめんなさい」

「いや、俺も悪かった」

高野は妙の目を見たいと思った。だが目は、伏せられている。

「昔から、人の言うこと聞かないねって言われてはいたの」

「それで怒った？」

「うん。でも、反省する。もうしない。成長する。だから嫌いにならないで」

妙にしては素直な言葉に、高野は困る。

「まあ、なんだ。言葉通りに受け取って、信じてほしいだけ。信じられるように有言実行に励むから」

「有言実行って信くんにしては難しい言葉だね」

「アニメで覚えた言葉だが何か？」

「信くんらしくなってきたね」

「あと信用を担保にという言葉も知ってる。レバレッジやるときに覚えた」

「えらいえらい」

頭をなでられる。一〇以上年下の娘にバカにされているようだと思いきや、嫁にされるとなると悪い気がしない。妙の目を見る。妙は不思議そう。

「お義父さんとお義母さんは？」

「さっきまで二人で話してたけど」

「一緒にいなかったのか」

「二人で話した方がいいかなと思って」

言われてみれば、もっともな気もする。いや、だが、しかし。

「妙も、お義父さんと話してほしかった。もっと」

「それも考えたけど。私はもう、信くんと住んでるから……」

母はそうではない。と、妙は言う。毎日顔を合わせて、一緒に寝起きしている二人がじっくり話した方がいいのではないかと。

もっともな理由と思ったが、明日をも知れぬと長篇小説を読むのも好まなかった妙が言うとなると、少しおかしな感じがする。

顔色をうかがっていると、妙の顔がどんどん赤くなった。うなだれた。

「嘘つきました。信くん、私のこと嫌いになったかもと思ったらそれどころじゃなくて」

「で、どうしたんだ」

「外で待ってたの」

嫁可愛いなと思って、高野は心痛んだ。宇宙人のことなどにかまけて正直すまんかった。

「長くかかってすまん」

「怒ってた？」

「いや」

詳しい説明は抜きにして、冷蔵庫前で乳繰りあっていたところ、義母の視線に気づいて二歩下がった。義母は笑いながら怒っている。

「ほんと、犬も食わないわね」

「リストにあったものは全部買ってきました」

「そうでしょうとも。冷蔵庫にもう少し早く入れても良かったと思うけれど」

「すみません」

義母は顔を赤くしている。

「あと、そういうのは、微妙な気分になるから隠れてやるように」

「ほんとすみませんすみません」

冷蔵庫に入れる食材を義母に手渡し、妙と二人、走って逃げた。恥ずかしいといったらない。そういえば、義父とはどうなったのだろう。聞き忘れた。いや、聞ける状態でもなかったか。

妙の部屋に逃げ帰り、キスして、部屋の隅でくっついて座った。食事が出来たと呼ばれるまでそうしていた。三五にしてなんて恥ずかしい。

食事をし、後かたづけ。妙は一回休みで自室に戻る。ついて行こうとして足をとめた。義父が一人、居間にいた。戻ってきて、座り直す。

義父は黙ってビールを飲んでいる。

「信念君は飲まんのか」

「仕事では飲んでましたが」

妙に酒臭い息を吹きかける気にはなれないと言うと、義父は苦笑した。思えば初めて笑うところを見た気がした。

「妙は幸せだな」

「そうだといいんですが。いつも喧嘩してしまいます」

「今日みたいにか」

「はい」

「まあ、喧嘩しないよりはいいかもな。思えばもっと喧嘩をすべきだったよ」

義父は苦笑が止まらない。義母との話はうまくいきましたかと尋ねたいが、聞きにくい。だがまあ、笑っているのだから、大丈夫なのかな。

「それはそうと信念君は強いな。一ヶ月で七〇〇万円位稼いでないか」

義父は不器用に話題を逸らした。高野は首を傾げる。

「確かに七〇〇万円はいってますが、どうでしょうね。最近結構頭打ち感があります。元本増えても理論値通りにはいっていませんね。それに、七〇〇万円といっても手数料と税金を考えると結構目減りしますし」

「まあ、そんなに焦らないでもいい。もとより小リスク小リターンだ」

元手が六〇〇〇万円と言えど、小リスク小リターンで月七〇〇万円。ならもっとリスクを取ればどうなるんだろう。

「やっぱり、やるならポジショントレードですか」

「どうかな。儲けが大きいのは確かだが。損も多い。兼業しているなら株に投資できる時間は少ないからポジショントレードしかないだろうが、そうでなければ、つまり専業なら他のスイングトレードやデイトレードも併用した方がいいだろうな。今の状況ではポジショントレードに絞るのは自殺行為だ」

義父は少々趣《おもむき》を変えた苦笑。大損したと言っていたので、そのときのことを思い出したのかもしれない。

「市場はどんどん下がっている。空売りという手もあるが、個人の場合は五〇単元までと制限がある」

「えー、空売りとはどんなものですか」

またも知らぬ言葉が出てくる。しかし、自分で言うのもなんだが、知りもしないでよくもここまでやってこられたものだ。むしろ逆か、知らないでも儲けられるのがこの世界か。なにせ金融商品の種類は多いし。

「空売りとは株を他の保有者から借りて、それを一旦売る。そして返す期限が来るまでに買い戻す行為だ。売ったときから買い戻すまで、値下がりを続ければその差額で儲けを出すことが出来る」

「そもそも基本的な質問なんですが、なんで貸す方は株を手放さないんですか？」

値下がりを続ける株を保有し続けていいことはまるでない。現金に変えた方がいいはずである。義父は頷いたあとビールを一杯口にして言った。

「世の中には手放せない株もある。会社の持ち合い株とか」

「あー」

なるほど。納得。手放せないから貸す。貸す時にお金を取るのは言うまでもない。それにしても金融商品はあらゆるものを金に換えるところがある。値下がりすらお金にするんだからすごいものだ。

感心していると、義父がこちらの様子をうかがっている。疑念をもっているよう。

「売買については今のままでいいんじゃないか」

そんなことを言い出した。

「ああ、いや、そうなんですけどね」

「勝っているのに下手に方法論を変える必要はない」

「まったくです」

いらぬ心配をさせたらしい。まったく義父の言うとおりなのだが、どうしてこうなった。

こういう話をするつもりはなかったのだが。まあ、義父も義母との関係については話しにくいのかもしれない。

このまま経済の話でもしていた方がいいか、と考え直した。

「たとえの話です。たとえばですね宇……というか世界的に大きな事件がこれから起きるとしたら、経済というか、市場にも影響が出るじゃないですか」

口に出たのは懸案の宇宙人を想定した話だった。宇宙人のメールが本物で、ファーストコンタクトというニュースが流れたら、それは、市場にどんな影響を与えうるんだろう。

「まあ、どんな事件にせよ何かの材料にはなるな」

義父はピンと来ない顔で、一般論を言った。それについては、自分もわかっている。もっと踏み込んだ話が知りたい。

「そうなったとき、スカルピングが最善とは限らないと思うんですよね。例えばそう、全部の株が右肩上がりなら、一円の上昇で売る必要はないわけです」

勝っていても手法を変えないといけないときはあると思う。それは状況が変わったときだ。もし宇宙人との接触があったら、やり方を変えるべきではないかと漠然と思っている。逆に言えば、父の言を待つまでもなく宇宙人でも襲来しない限りはそのままでいい。

義父は、難しい顔をしている。言われたことが抽象的過ぎて答えに窮している感じだった。

「どうかな」

「難しいな。強いていえばドルが上がるというだけだ」

「ドルですか」

義父は頷いた。

「この世の投資家は、守りの段になると資産を一旦ドルに替える」

円での取引も増えはしたが、世界の基軸通貨はやはりドル。また軍事力や国力の話もあって、安心感が違う、という。だから先行きが見えなくなると、現金、それもドルにするという。逆に言えば、日本円が安定した基軸通貨の立場を狙うなら軍事力の担保がいる。軍事力がないと、有事の時は金は逃げる。中国はその辺をよく分かっていると義父は言った。中国は保有する金に見合った軍事力を持とうとしている。

義父が中国や軍事力について言及したことに、少々驚いた。経済というものは何にでもつながっているものだ。

しかし、義父の言うことをそのまま鵜呑みに出来ないところもある。

「ドルを買うですか、この金融危機でも？」

リーマンショックの余波でアメリカの銀行の多くは国有化の憂き目にあっている。社会主義国真っ青の状況。それでも？　本当に？

「おそらくは。他に行き先がない」

「難しいですか」

義父はそう言った後、ビールを飲んで言葉を続けた。

「そもそもな、信念君。金融の歴史はリスク計算の進歩と失敗の歴史でもある。今回もそうだ。金融工学という名前でリスク計算が進歩して、サブプライムローンというものが出来た。貧乏人でも家は欲しい。しかし信用が弱くて金が貸せない。そこでこの種の債権をまとめて証券化した。まとめることでリスクは穏やかになり、隆盛を極めて金を集めることに成功したが、その実、内情はその金が余って本来投資不適格な者にも貸し出されることになった。リスク計算が狂った。で、はじけた。リーマンも同じだ。リーマンブラザーズという会社のリスク計算は格付けという形で表現されていたが、これが狂った。あるいは間違えた。金融危機とはリスク計算の失敗で起きる。失敗すれば対策もされる。規制やルールが作られ、リスク計算のやり方も変わるだろう。いつだってそうだった。ブラックマンデーのあとだってそうだったし、アジア通貨危機だってそう。今回もそうだ」

「乗り越えてきたと」

高野の言葉に頷く義父。普段静かな義父だったが、今日は酒が入っているせいか、多弁だった。

「そう、それこそ一七世紀のチューリップ・バブルの頃からな。連綿とずっと、リスク計算を発展させては失敗してきた」

「人類の発展みたいですね」

「金融は人類の発展そのものだよ。おかげで、妙は今も生きている。結婚も出来る。金融工学がさして発展していなければ、妙を養育したり、治療費を稼いだりは出来なかったろう。昭和でも、大正でも、明治でも江戸時代なら言うに及ばず、もっと早い段階で妙をあきらめるしかなかったはずだ。平成の今だからこそ、妙は生きている。労働時間を最小にして家でずっと、様子を見ていられるようになったのも、まあ、この七、八年、二〇〇一年以降というところだよ。それまではできなかった。金融をやってない連中は危機、危機とそればかりを口にするが、それは外野の偏った意見だ。人類は前に進んでるよ。リスクばかりを恐れていては投資なんかできない」

微笑みながら言う義父の言葉に、高野も笑った。

「まあ、そうですね。実際株価下がってますけど、僕儲けてますし」

「もちろん、私のように失敗している人間もいるがね」

義父は寂しそうに笑った。しまったやぶ蛇。

「いやいや、そこは家族で、トータルで見ましょうよ。リスク計算の発展とやらを地で行くんです。妙さんから見れば、お義父さんと僕と、合計で考えればリスクは穏やかになるでしょう」

「リスクを取るのが重要なときもある。リスク計算はリスクを少なくするだけが能ではない」

「えーと」

話が見えなくなった。高野的には、老け込んだように見える義父を元気づけたいだけである。いや、義父は少々若返ったように笑っている。

「私の残り資産は三〇〇万円ほどだ。君に貸し付けている分をのぞいて」

「僕の自己資金は五〇〇万円位になりますね。お借りしている一〇〇万円を別にして」

「君に一旦運用を任せるというのはどうだろう。金利については詰めるとして」

「僕にですか」

「今の局面で儲けを出している点を考えれば、いい選択と思う。スカルピングはまだましにせよ、デイトレードは敗者が九割の世界だ。同時に勝率なんて関係ない世界でもある。勝率が九割でも大損している連中はいくらでもいる。その点、君には適性がある」

勝率が変わらないのに大負けしたことは、高野にもある。あのときは宇宙人の攻撃だった。いや、証券会社のシステムがダウンしたのだ。

「適性ですか。いや、そんなものはない気もしますけど」

「ある。君は教わった通り、損切りが出来ている」

「実は一度大失敗しまして、それから徹底をするようにしました」

「一度の失敗に懲りて徹底して損切り出来るのはすばらしい。普通は出来ない。俗に見切り千両というが、損切りはいつでも一番難しい。あろうことか下がっている時にさらに買い足すような、そういう人間だっている」

「そういうものですか。いや、僕は教わったとおり機械的に一円下がったら手放しているだけです」

「その機械的に、というのは難しい」

「そういうものですか」

だから株式取引を自動化することもままあるという。損切りを機械的に、ではなく、実際に機械にやらせた方がいいという判断だ。

じゃあ、機械でいいじゃんと思うのだが、人間はなぜかなくならない。低リスクの売買は出来ても、高リスクでの売買における収益では、人間の方が勝るという。あまりないような状況でも弱く、まだまだといったところだ。

スカルピングのような機械にやらせた方がずっと早く、高速に小銭を集められそうなことでも、収益率は一%を割っている。つまり、俺以下の成績。ただ元手が大きいから息をするようにお金を稼いでいるのは確かだ。手数料がかからない証券会社自身による株式売買では、こういう例も多いという。

それに。宇宙人が株価に影響するような局面があったら、株は想定外の動きをするはずで機械の売買は有用性を下げるに違いない。

「信念君がよければ、資産運用を任せたい。リスクを取りたい。株でなく、君に投資したい」

「仮に九〇〇〇万円の資金があったとしても、僕の手法だと平均的に日に五〇万円稼げるかなってところですが。負ける日とかもあるんで」

「日に五〇万円、それで十分だと思う。銀行よりずっといい」

「なるほど」

「失敗した仲間から絞りカスのような金を集めれば、その倍くらいは集められるだろう。小さなファンドだな」

「二億円とかの水準になると、日に百万円位は稼げそうですね。でもまあ、家族以外のお金を預かるのも怖いので、とりあえずお義父さんからお預かりしてやってみますか。五〇万円の二〇〇日で一億円稼げたとして、その二〇%をお返しするとすれば二〇〇〇万円、これくらいでよければ」

　義父は笑ってる。

「利回りが異常にいいと表現されそうだが、強気だね。そんなに稼げるかね」

「まあ、たぶん。資金が十分にあれば、負けてもリカバーできますし、分散して買えるので」

　いつの間にか、義母がそばに座り込んで黙って話を聞いていた。

高野は義母に気づいて場所を空ける。義母は笑って座り直した。

「円満な夫婦生活のために、ワンルームのほうがいいかもしれないわね。今の会話のようなことを、もっと前に聞いていればと思う」

「すまん」

義父が謝った。高野はまあ、ワンルームなら妙が倒れても気づきやすいと考え直した。それならそれで、ありだ。

「広いワンルームがあればいいんですけどね」

家については考え直そう。

第四章　初めての宇宙人相場

翌朝。妙は控えめな食事。今度こそ帰るという構え。

二人分の荷物を一人で抱えて簡易モノレールへ。二人で跨がって義父母に手を振って離れた。行きはともかく帰りというか下りでは、バックする形で降りていくことになる。必然、いつまでも顔を合わせることになって、なんとはなしに気まずい感じだった。

杉の森を仰ぐ感じでバックで進むところ、ポケットに着信音。携帯電話をとる。宇宙人から。早い早い。

〝本日一四時に大規模な央信証券に接触を開始する〟

聞いたことのない名前だった。すぐに検索。中国の最大手の証券会社とある。

三秒考える。

ちょ。いや。これは、テロ予告になりかねない。いや。しかし。まさかこれを実行とかはないだろう。

時計を見る。あと四時間。金融業界に肩まで浸かってしまったか、何の株が下がるかな、などと考えてしまった。人の悪い考えだった。そもそも論で本当にシステムダウンが起きるとも限らない。

市場は一五時まで。家に帰りつく時間を考えると、ぎりぎり間に合いそうではある。いや、だから何考えているんだ。俺。

駐車場に降りたところで嫁が寄ってくる。妙は不思議そう。

「どうしたの、信くん。難しい顔で携帯電話見てたけど」

「前言ってたメールのこと覚えてる？」

高野は妙を抱きとめた。妙は目を細める。

「ああ、アダルトの」

「いや、アダルトじゃない。宇宙人」

「宇宙人のアダルトに需要あるの？」

「だから、アダルトから離れようよ」

妙は、笑って抱きしめ返した。駐車場で何をやってるんだと思いはするが、このあたり、朝一〇時でも、人がいない。バスも来るが一日四本である。

「冗談冗談。ちゃんとわかってるわよ。それで？」

その割には腕に力がこもってると思いつつ、口を開く。

「今日、中国の証券会社にアタックをかけると言ってる」

「証券会社を攻撃するなんて、斬新な宇宙人ね」

「うん。設定に新規性はあるね。それで、どんな風に市場が変わるかなと」

妙が目を細めた。

「まさか……」

「信じてないから」

言われる前に言う。妙は値踏みするような顔をした後、笑った。

「よかった。今となっては信くんがお父さんやお母さん養うことになってるんだからね」

「マジで⁉」

「お金預かって運用するんでしょ」

「あ、それか、聞いてたんだ。うん。するね」

「あれ、うちの全財産だから」

「ああ、うん。わかってる。しかし、運用を任されるのと養うは違うんじゃないか。なにせ金とってるんだからな。強いて言えば、向こうがスポンサーだろう」

「言い方はどうあれ、三人とも信くんに抱えられて生きることになるの。重いね」

「重くはないな。あんまり経験ないけど」

「失敗してもいいんだよ。全財産だけど」

「どういう？」

「信用してるってこと。失敗しても、後悔しないって意味で」

あ、そっちの言葉の方が重いです。苦笑して頭をかいた。まあ、小さいながらも社長業をやってきたせいか、養う人間が増えること自体に拒否反応はない。稼ぐ目処があればいい。資金が増えれば目処も立つ。心配は、あまりなかった。このあたり、普通の人の感覚とは違うのかもしれない。

「まあ、有言実行を心がける」

抱きしめる手をほどき、車に荷物を運び込みながら、そう言った。

荷物をうまいこと後部座席に配置しつつ頭は宇宙人がつくる相場、宇宙人相場で一杯になりかけている。まさか、まさかとは思うのだが。

普段聞かないラジオをつけて、運転する。緊張が高まるが、陽気な音楽番組を聞き、それに併せて鼻歌を歌う妙を横に座らせているうちに、緊張が解けた。そういえば、前にも同じ事があった。嫁が一番緊張を解くなあ。

一二時を回った。もう所沢を抜けて家も近い。エンジンの調子が悪く、信号待ちで止まることが二度ほどあって、そのたびに困った。アイドリングストップ機能なんて洒落たものではない。ただの故障だ。同時に車や人の多さに辟易しつつ、やっぱり埼玉かなと思った。運転しながら所沢なんかどうだろうとも思った。まあ、その前に車か、車を考えよう。レンタカーはダメだ。

家について妙を降ろし、荷物を運んだ後でレンタカーを返す。一日余計に借りたこともあり、結構な金額を取られる。調子の悪い車をつかまされてこれなんだから世話はない。再び車を買おうと思った。エンジンの調子がいいやつ。世間ではレンタカーの方が自家用車を保有するより安く上がるなどと喧伝するが、金の問題だけではないと思った。不調の車を走らせる不快感を考えれば、それが年に一回もない事件だったにせよ新車を買った方がずっといい。

そもそも急変しやすい妙の体調もある。

家まで二本の足で走り、息を切らせてパソコンをつける。モニターはこの際三台で良いのでさほど暑くもない。一台は車関係の資料と情報、一台は家関係、最後に経済ニュース。どんな車がいいかな、やはりデートカー欲しいなと二シーターの車を見る。マツダのロードスターなる車がいい感じだった。画像検索したところ、アニメのキャラをプリントした痛車なるものがあり、高野はいや、だがこれがいいと、何度も施工価格を確認した。ついでに癖で、株価もチェックしてしまった。企業情報も読む。

ハッスルしているところ後ろから嫁に抱きつかれる。

「ご飯作るね」

「あ、うん。すまん」

「宇宙人は実際にいる？」

妙は面白そうに笑っている。瞬間、車に心奪われていたとは言えず、高野は経済ニュースを見た。特に変わった様子はない。首をかしげる。

「それはわからんけども、宇宙人を名乗るテロリストや愉快犯はいるかもしれない」

もし、何かが起きたら、どんな株を買おうか。中国最大手の証券会社がダウンするとすれば、日本のそれと併せて株式取引のシステムそのものにセキュリティ上の不安が出るに違いない。そうなれば、どうなる。相場はどうなる？

まあ、控えめにいって大混乱だろう。一度ひどい目にあった自分なら、全部現金に換えて、つまり手持ちの株を全部売って様子見する。俺より頭のいい奴なら、失敗しなくても同じことをするだろう。皆が売れば値が下がり、空売りも出るだろう。株を持ち続けて目減りする資産を眺める趣味の人間も少なかろうから、これまた株は売られるだろう。つまり、ただ下がりする。

落ち着こう。と、料理している嫁を後ろから抱きしめ、考え事。ダメだよと言われ、後でねと言われ、おたまで頭を叩かれて我に返った。すごすご席に戻り、手を叩く。義父が答えを言っていたではないか。何にせよドルが上がると。ＩＴ産業が強いアメリカなら、市場も比較的安全と読まれる可能性は高い。となれば、ドルか。問題は今の自分では勉強も何もしてないので為替をやれないことだが。

一〇秒考え、電話をとる。時間は一三時五五分。ぎりぎりか。

「あ、お義父さんですか。こちら、無事に着きました。ええ、それでですね。つかぬことを聞きますが、為替とか取り引きできます？　ドルを買いたいんですが。今すぐ。それと、アメリカのIT企業でセキュリティを専門にしているところの株が買えるといいなーと。三〇分以内くらいで、お義父さん買えます？　買えるならお金貸して買っといてくれませんか。額ですか。手持ちの全部で」

一四時。中国の証券会社にアクセス。アクセス拒否される。再度アクセス。またも拒否。ああ。こいつはあれだ。俺が一度食らった奴だ。

中国の俺みたいな個人投資家が大勢苦しむと思うと心が痛む。痛みはするが、どうしようもない。受話器を握りなおす。

「できますか。良かった。損失出たら被りますので、僕に預けてくれると言っていた三〇〇万円丸ごといってみましょう。急いで、とにかく急いで」

どうしようもないと言いながら金儲けはするんだから、救われないというか、悪いことをしたなあという気分。悪いことはしてないが、嫌な気分だ。

ご飯できたよーと、のんびりした声。妻を見て、頷く。今日の料理の味もわからなくなりそうだ。

「妙、宇宙人いるみたい」

妙が発作的に笑った後、表情を正してエプロンもそのままに寄ってくる。画面を見る。

「どこに映ってるの？」

「いや。携帯で攻撃すると言ってたサイトが実際に攻撃された」

「あ、この白い画面か」

リロードしても、エラーしか返ってこない。ニュースは一四時一一分段階でまだ出ていない。

「お義父さん、どうですか。買えますか。お願いします。全部で。ええ」

何度も念押しして電話を切る。嫁はすでにふてくされて横になってる。あわてて起こして、すまん、すまんと起こした。キスした。お姫様だっこしてちゃぶ台の前に座った。

「仕事頑張ってね」

妙は抱き抱えられたまま、横を見ている。へそをまげている。

「嫁が一番大事です。はい」

「いいんだよ。仕事大事だもんね」

来たホーミングレーザー。ヘソがあり得ない方向へ、方向へ！

「悪かった。いやもう本当に、嫁が一番」

「宇宙人の次に一番」

横を見て言う妙の目が怖い。

「許して！　昨日仕事し損ねたからその分稼ぎたかったの！」

思わず叫んだら、妙は笑った。抱きしめられた。

「今日はもう仕事なしよ。子供つくろ？」

「つ、作ります」

お義父さんすみませんと、鼻水出しながら思った。ああ、妙がトイレ行ってる間かなかに、メールで売りを指示しよう。

食事後、妙は食べ過ぎたと宣言して横になった。まあ、そうですよねと思いつつ、洗い物をする。洗い物は旦那の役割だった。なにせ嫁は、食後倒れる。

今がチャンスだ。と、電話したいが嫁の目がある。嫁は自分が横になってるからといって、俺が仕事するのを許すまい。それが妙。俺の嫁。そしてこの部屋はワンルーム。ああ、ワンルーム大変だな。やっぱり仕事のためにはワンルームやめたい。大反対されそうだが。

仕方ないのでトイレにこもり、携帯電話からメールで連絡する。肩身が狭くて泣きそうになるが、これも家庭円満のためである。義父にすんまへん、嫁の機嫌が超悪くと書いて送ったら、義父は笑っています。大丈夫と、返信してくれた。

アメリカのＩＴ株は、時間外という。仕方ないので、全額をドルにする。レバレッジもかけられるとのことで、これもお願いした。

あれやこれやを済ませて美少女フィギュアの間に置いたオメガの腕時計を見たら二三時だった。テレビをつけてニュースを見る。

淡々と流れるニュース。中国の証券会社の件などまるで出ず、失敗したかと思って顔が青くなる。終わりの方のフラッシュニュースでちょっと出て、ほっと一息。最後に為替と株の情報が出る。ここのところ大変な高さだった円が、一気に円安に流れている。四円以上上下がって九〇円に。仮に一円で売り抜けて利益確定したとしても、三〇万円は儲かっていてもおかしくはない。一日の利益の半分以上はいけている。利益を確定させるか、それとも保持するか。考える、難しい。もう一円下がればとか、つい思ってしまう。

損切り千両、利食い千人力と言うしな。義父に倣ってネットで調べた言葉をつぶやき、無理しないで利益を確定してくださいと、メールした。後ろ髪引かれるところではあるが、我慢、我慢。

メール後、精魂つきたように寝ている嫁の頭をなでて、横で寝た。明日の株式市場はどうなるかわからない。まあ、証券会社の株が下がるであろうことは、わかる。上がるのはなんだろう。セキュリティ関連の他だと、ああ、そうか、中国と関係が深い会社は値を下げる可能性はあるな。ダメだ。何が上がるかわからない。商いが薄いってこともあるかもしれない。

嫁に抱きついて寝る。落ち着いて寝られた。

朝は七時に起きて、軽く準備体操。反射神経で今日も乗り切ろう。

八時二〇分から証券会社のサイトに出た板を見る。大荒れの気配がする。これは活躍できそうだぞと思う一方、どうなるかわからない怖さもある。いつも通り携帯電話の電源を切る。

そういえば、宇宙人に返事を出すのを忘れていた。いや、質問されていないからなんだけど。

それにしても、信用が必要だとは言ったけど。言ったけれども。

俺が指示したみたいに当局に思われたら嫌だなあ。いかん。集中、集中。

取引開始。商いが薄い。日本の株式取引の三分の二を占める外国の投資家が動いてない感じ。取引は散発的で開始直後とは思えないような不気味な動きをしている。宇宙人ショックだな。まあ、様子見というところか。

六面のモニターのうちの一つを経済ニュースサイトに割り当てる。音量落としつつ、テレビも付けた。

中国からの続報を待っている感じ。一〇時頃になって、中国政府は技術的なトラブルのため証券会社のシステムがダウンしたと発表した。

それだけだった。他に言及なし。攻撃によるものと断定してないのは、お国柄か、まだ原因究明が続いているからか。

いつもなら手仕舞いの時間だが、なんとなく目を離せずに事態を見守っていた。妙が起きて窓を半分くらいあけているのが見えた。まあ、思ったより冷静で動きはなかったなと、そんなことを考えた。円安が進めば何かあるかと思ったのだが。

まあ、そういうこともあるかとパソコンの電源を切って、携帯電話で円相場を見る。円は続落。どこで下げ止まるかわかったものではない感じ。義父から電話。

「信念君。どこをどうやって情報を得たんだ」

「僕宛に予告のメールが来てたんですよ。嘘かどうか半信半疑だったんですが、確認したら本当だったのでお父さんに頼んだ次第です」

「犯罪者からか」

「まあ、犯罪者なのかどうなのかはわかりませんが」

答えは宇宙人でしたと思いながら、そう答えた。

「仕手戦を仕掛けられているのかもな」

「仕手ですか」

「人為的に作った相場だ」

「すべての相場っていうのは人為的に作ったものじゃないんですか」

「そうだが、誰かの思い通りに操作されているわけじゃないだろう。仕手は仕掛ける側の価格操作だ。それまあ、たいていは違法、脱法、なんでもありのな」

「なるほど。つまりはけしからん連中ですね。あまりつきあうべきでない」

「そうだ」

宇宙人ではなく、その実体は仕手集団。納得できる話ではあるが、夢がないなあ。いや、実際に国際規模で市場に影響が出ている以上、夢もへったくれもないが。これは現実だ。それも、かなりたちが悪い。

どんな相手だろうと有言実行であらば信用ができる。今、宇宙人には信用ができた。悪い信用ではあるが、信用には違いない。次の予告では、多くの人が反応するだろう。他に誰があの予告メールを貰っているかわからないが。

まあ、今は義父を安心させるべきだろう。義父に通報でもされたら、大変だ。

「幸いにも、知り合いってわけではないですね。

「たまたまの割に、思い切った決断だったな」

宇宙人は信用を得たが、俺の信用は減った気がするぞ。頭をかく。

「以前にも似たようなことがあったのと、実際中国の証券会社見に行ったらサイトが死んでいたんです」

「それにしてもだ。尋常でない思い切りの良さだった」

「そうですか？　え。でも三〇万円くらいの稼ぎでしょ」

「レバレッジをかけろとか言ってたろう」

つまり借金して投資したことになる。

「おお、じゃあ九〇万円ですか」

一日の株の売買益より多い。喜んだらすぐに義父が訂正した。

「いや、為替でのレバレッジは株の三倍ではなく、二五倍だ」

「二五倍ですか」

「利益は一〇〇〇万円を越えている」

「株より全然凄いじゃないですか」

吹き出しそうになった。聞いたこともない金額だった。裏を返せばそれだけリスクが高かったことを意味している。

「信念君が驚いていることに驚いている」

呆れた義父の声。

「あ、すみません。実はよくわかってませんでした」

「それを先に聞いてたら、全部を突っ込まなかったかもしれんな」

「申し訳ない」

「いや、怪我の功名だな。信念君は勝負運を持っている」

「勝負運は分からないですが、次は分かった上でやります。実のところ、ドルを買うのもお義父さんの言葉を覚えていたせいでして」

「いい息子を持ったよ」

義父は笑っていた。電話は切れた。誤解というか、減った信用は少し回復したような気がする。車の資料を見て、やはりいいな、マツダのロードスター、と思った。正確には、ロードスターの痛車がいい。魔法少女が全面にばーんと。ああ、痛い、気持ちいい。しかしマツダの株価は絶賛低迷中である。円高のあおりを受けて輸出関連株はどれも低迷していた。

できたよーの柔らかい声。

妙と食事の後、実家、今度は高野家に電話して婚姻届の話をする。

「両家顔合わせとか、事前に顔見世とかは？」

母にしてはまともな反応だった。いや、まあ、普通気にするか。

「全部キャンセルしようと」

そう告げると、母はしばらく黙った。

「どんな事情があるの？」

「俺が盛り上がっております」

「ああ、うん。それ聞いて納得した。私たちもそんな感じだったからねえ」

「マジで？」

「おかげでお母さんの実家とは今でも絶縁状態よ。それよかあんた、奥手じゃなかったんだねえ」

「いや、奥手だよ、三五年かかったし。いつ行けばいい?」

「お父さん暇だからいつでもいいけど、今日はダメ」

「なんで」

「今から家を片づけるから」

実家は捨てられない母のもと、荷物でごった返しているところがある。片づけてもあまり意味はあるまい。まあいいけど。

電話の内容をかいつまんで妙に話す。

「土日にしないの?」

妙は横になった状態から、半身を起こして言った。顔色はあまり良くない。いいから、いいからと、休ませる。

「土日だと泊まりになりそうだからなあ」

「信くん、私の身体のこと話してないとか?」

「まあ、話してないけど。話したところで反対はしないと思う」

自分も横になりながら言った。なんか疲れたので、嫁と寝るつもり。

「なんで?」

妙は心配そう。目を大きくあけてこっちを見ている。信念は頭をなでた。

「俺が結婚するなんて、二人とも思ってもいなかったから。どういう形であれ結婚してくれるのは嬉しいらしい」

「そうなんだ」

「うん」

まさかあそこまで喜ぶとは思ってなかった。知ってたらもっと早く……は、してなかったと思うが、気にはしてたろう。

うとうとしているうちに午後になり、けだるいが腹は減ったという状況から身を起こす。しかし、自分で食事をつくるのも面倒だ。ぼんやりしながら携帯電話で情報収集。ニュースに驚いて起き上がり、より詳しく情報を得ようとパソコンをつける。妙は、まだ眠っていた。窓を半分だけあける。涼しいというより寒い風が入ってきてパソコンの熱を和らげてくれた。

午前中、ほとんど動きのなかった株式市場が、大変な速度で動き出している。買いを入れられない位の勢いでの全面安展開。どんな材料で株安に振れたのか。宇宙人が別のことをやったのだろうか。

ニュースサイトを渡り歩きながら市場を見る。新しいニュースは特にないが、央信証券がハッキングされたと見られるとアメリカの大手ニュースサイトが報じたのがきっかけになったらしい。

為替はさらに動いて円安に振れている。急激な円安に介入が入るという声もある中、着々と円安に振れていた。今日も一円以上値を下げそうだ。中国株もどっと値を下げている。ほぼ全面ストップ安。歴史に残りそうな大展開。

うっかり乗り遅れた。宇宙人に関しては、他より当事者感があっただけに悲しい。いや、悲しくはないぞ。損してたかもしれないし。

それ以前に、傍観するしかなかったかな。市況を見ながら思い直す。

証券会社がアタックされるだけでこんなになるのか。そんな感じだった。数日前は堅調に値上がりしていた石油関連株も値下がりし、台所用品や歯磨き粉を作っているメーカー位しか値上がりしているものはない状況。値上がりすると踏んでいたセキュリティ会社すら値下がりしている。訴訟リスクなどを懸念して株が下がっているという。

ポジショントレードしていたら発狂するような状況だった。やっててよかったスカルピング。いや、浮気しないでよかった、か。まあ、浮気はいかんよな。浮気は。

市場の値動きの激しさから、今から参加してみるかと思いはしたが、やめた。気持ちの切り替えがうまくできない。いや、しかし宇宙人め、地球は大変なことになっているぞ。

ドルに並んで、危機に強い金相場が一気に値上がりしている。ここ数年ずっと右肩上がりだったが、ここにきてさらに鋭く延びている格好だった。

株価はまさかの七〇〇〇円台を割って一時六五〇〇円に。そのまま特に反発できずに終わっている。七〇〇〇円を割ったのは一〇月二八日以来とのこと。終値の最安値を更新したらしい。

アメリカの方はどうなるのか。いや、それにしてもどうしてこうなった。ここまで大騒ぎになるようなことだったのか。止めればよかったのか。

パソコンの電源を切って、頭をかく。宇宙人め。いや、一〇〇〇万円儲けさせてくれたんだから、御礼を言わなければいけないところか。難しい。

宇宙人が仕手集団なら今頃空売りで大儲けだな。

そこまで考えたところで、宇宙人が仕手集団ではないことに気づいた。空売りで儲けるなら、黙ってやればいい。事前通報されるリスクを冒して俺に予告する必要はない。

つまりはそう、高野信念の助言を正確に実行したわけだ。宇宙人は。え、つまりこの事態は俺のせい？

わーお。

と感想らしきものを口にしたあと、携帯電話も閉じて口笛を吹いた。知らない。俺は知らない。いや、知ってたけどまさかこうなるとは、いや、信じないだろ。俺悪くないよね。

全身から悪い汗が吹き出し、座りながらにして膝が砕けるような感覚を味わう。まあ、でも三度目なので、大丈夫。なんとか立ち直れる。思えば我が嫁の強いこと。宇宙人襲来より強い。

シャツを絞れば汗がしたたり落ちるであろう。着替え、シャワーを浴び、自分の心の棚の強度を確認して、宇宙人関連の問題を一端棚に収めた。つまりは棚上げした。遠くを見た。

いかん、自分が悪くないのに罪悪感で一杯になるところだった。嘘です。既に一杯です。一部口からあふれております。

五体投地の構えでしばしの放心のあと、起きあがる。大丈夫。捜査されても立件は難しいだろうと考えた。現金なもので、それで結構心の平穏を取り戻すことに成功している。

いや、しかし。それにしても。

大変だな。ファーストコンタクト。本格的に宇宙人がアタックというか接触してきた日には、宇宙人相場とか言ってられない事態になるぞ。

いずれにせよ、宇宙人が宇宙人である確率は、かなり高いと言わざるをえない。いやスーパーハッカーかもしらんけれども。強固なセキュリティに守られた決済システムをダウンできるのだから、たいしたものだ。

どこに連絡すべきか分からないが当局に連絡すべきか迷う。俺が指示したみたいに思われたら嫌だなというか、まずいな。そんなことばかりを思う。この日一日でいくらの金が吹き飛んだか考えるだけで、ぞっとする。少なくない個人投資家が自分や義父のようになったかと思うと心が痛んだ。

いかん。広く丈夫に作ったつもりの心の棚がきしんでいる。再度俺のせいじゃない、俺のせいじゃないと思いつつも、中国にダメージを与えたのが地味にショックではある。向こうには向こうの都合があったのは分かった上で、あのとき会社が破産を免れたのは中国のおかげだ。なんというかもう、悪いことをしたという気持ちで一杯だ。

ゆるやかに起きた妙が、起きぬけに多様な薬を飲むのを見つつ、どうしたものかと考える。やっぱり警察かどこかに相談すべきか。九九%まともに対応してくれないだろうが。

妙が小さく咳をしている。

「大丈夫か」

「うん。大丈夫。信くんの方が顔色悪いよ？」

「マジで？」

「うん。マジ」

こちらの頬をなでた後、キスする妙。調子はあまりよくなさそう。

「なんで頬にキスなんだ？」

「薬くさいと思って」

「大丈夫だよ」

唇にキスした。妙は恥ずかしそう。何度やっても、恥ずかしそうにする。

「信くんキス好きだもんね」

「おまえが好きなんだ」

「もう一度」

「愛してる」

妙は高野の頬をなでた。嬉しそう。

「よしよし。仕事に負けた？」

「いや、お父さんに頼んで一〇〇〇万円は稼いだけれども。株の方はダメだな。今日は一〇万円位しか稼げてない。まあ、トータルで見れば大勝ちかな」

「なのに顔色悪いんだ」

「笑うなよ。宇宙人、本物かもしれない」

「ああ、うんそれはお昼寝前に聞いた」

あっさり過ぎる反応だった。高野は床に倒れつつ、現状の事態を倒れたまま話した。妻には隠し事は出来ない。

妙は旦那よりよほど性根が据わっているのか、話の全部を聞いてもなお平気な顔をしている。凄いのか、凄くないのか分からない反応だった。

注視する中、微笑む妙。

「さすが信くん、お義父さんだけじゃなく、宇宙人からも信頼があるんだね」

あろうことかそんなことを言って微笑んだ。それは慰めなのか。

「それはどういう？」

「宇宙人に買われるなんて、なかなかないよ」

自慢の亭主という響きで、妙は言った。笑う。

「いや、しかし、市場に絶大なダメージが」

「信くんのせいじゃないよ」

「そうだけど、そうなんだけんども！」

見せてと言われるがままに、これまでのメールを嫁に見せる。嫁は難しいが可愛らしい顔で見ている。首を傾げる。

「これだけ？」

「保存しているのはこれだけ。保存前までは迷惑メールだと思っていた」

「そうかぁ」

妙は腕を組んで難しそうな顔。

「あの、何か？」

「信くんには悪いけど、これを真に受けてお金出せる人、ヘン」

「デスヨネー」

それについては同意するほかない。何より現実とフィクションの分別がついているはずのオタクでありながら、うっかり信じて行動してしまった自分が恥ずかしい。

「あー。でも事件は起きてるんだよ。実際に」

「そうだね。それすらなかったら、ヘンじゃなくて、バカだから」

「そんな目で見るのはやめてあげて！」

思わず高野は口走った。少しは元気が出た。妙はにこっと笑った。沈黙の五秒。

「それで、これからどうするの？」

「いやもう、何も思いつかない。警察に届けるのも難しい気がする」

「そうだね。この内容じゃあ……」

まともに相手はされないだろうと妙は言った。ですよねー。

携帯電話を二人の間、真ん中において夫婦で腕を組む。

「どうすればいいんだろう」

「メールに返信しなければいいんじゃない？」

妙の返事は簡単だった。

「これ以上のやりとり、怖くなったからやらなかったとかなら、どう転んでも大丈夫だよ。たとえ金融当局から捜査されても」

あ、警察でもないのかと、高野は思った。悪いことしたことないのでどこがどういう捜査権を持っているのかも分からない。ついでに言えば、嫁も同様の理由で分かってるかあやしい。

その上で……

「一つ分かるのは、どう考えても俺がどうこうできる範囲を超えているということだ」

高野は言った。

「だよね。じゃなかった、ですよねー」

妻は腕を組んで言った。旦那のまねをする妻の仕草に思わず笑い、うっかり抱き寄せた。

長い中断を挟んで二人して天井を見ながら、高野は妙の肩が隠れるように毛布を動かす。

「そうだな。これから、何をすればいいのか」

妙は目を大きく開けて高野の横顔を見ている。

「なんか不満？」

そう言われて、困った。何が不満で何が心配で何がしたいのか自分でも分からない。

「もやっと、している」

「モヤ？」

「ああ。モヤっと。なんだろうな。さっさと連絡を絶つべき、手に負えない話なのは分かっちゃいるんだが、なんだろう。すまん、うまく言えない」

妙は毛布から細い腕を出すと、高野の頭をなで続けた。

「ごめんね、なでることしかできない」

「いや、それで十分だ」

自分で思いつかないし、誰かに助言を受けてもたぶん、受け入れたり納得したりはできないだろう。

妙は心配そう。

「宇宙人と戦うとか言わないよね」

「ないなあ。そもそも悪い宇宙人でもなさそうだしな」

戦ってどうする、と思う。戦いを仕掛ける方が、どう考えても悪い奴だ。これまでのやりとりから言って、宇宙人は真面目で不器用、常識がない。

うむ。そうか、萌え化できる全条件が揃っている気がするぞ。

高野はくわっと眼を開いた。起き上がり、シャツを着て、サインペンと紙を取った。俺の考える宇宙人を描く。携帯を両手に持って涙目になっている女の子。メガネっ娘、宇宙人ぽくここはアホ毛……ヘンに跳ねている一筋の髪……が感覚器なのはどうだろう。これだ、これだ。

「これが俺の考える宇宙人だ!」

妙が背を向けて笑っている。意外に真面目だったのでショック。

「え、嘘、そこで笑うの?」

「笑うと思うけど」

一般人の考えていることはよくわからないと高野は思った。自分としては絵に描いた瞬間に、色々分かった、腑に落ちた気がする。

オタクだろうとなんだろうと、人間は人間。理解する際に自分の知識の中にある似ている類型をもってきて当てはめる。オタクの場合、萌え絵という類型に当てはめて理解する。それだけ。実際、兵器や元素や神々をこういう絵にして解説しているオタク向け本はいくらでもある。オタクにとってはそれが、それこそがわかりやすい解説なのだ。涙目は小心でおろおろしている様を示し、メガネは知的で真面目を意味する。異形のパーツが少ないのは、人間にごく近いことを意味している。

高野は自作の宇宙人の絵を見て、自分がモヤっとした原因に気づいた。

つまりはそう、この宇宙人は嫌いになれないキャラである。

オタクにとり、このキャラを前に見捨てたり、放り出したりするのは非常に気持ち悪い。

なるほど納得。自分は何をしたいのかが分かった。

携帯電話が振動している。

宇宙人からメール。

〝信用を得るために予告して実行したが、反応はない〟

いちいち小心なんだよな、こいつ。これが、あわあわというやつか。高野はにやりと笑って、メールの返信をすることにした。

〝十分以上の信用を得た。今世界中が激しく反応している〟

返信。これ以上宇宙人が大暴れしても困ると思い、追伸する。

〟一旦は行動をやめ、こちらからの連絡を待て〟


翌日。

朝六時半。早めの朝食。小エビたくさんの卵焼きを食べながら、今までずっと気にしていたことを口にした。

「妙、もしかして」

「なあに？」

「卵好き？」

「好きだけど」

「健康にいいとか、お義父さんたちが栄養を気にして食べさせたとか」

「ううん？ なんか好きなの」

長年というほどでもないが、つきあってこっちの謎が解けた。事は単純極まりない。最初から聞けばよかった。そう、最初から聞けばよかったのだ。

「重要だね。それは」

「そう？」

早速携帯電話を取り出してメール。単純極まりない。最初から聞けば良かった事。

〝まずあなたがたは宇宙人ですか。自称を教えてください〟

送信。

聞いたところでどうなるものでもないと思いはしたが、聞けば聞いたで何かの材料になりそうな気がする。どんな材料だって株価には影響しうる。それが市場というものだ。

「食事中のメール反対」

「すまん」

箸を口に当てて睨む嫁に謝り、食事に戻る。

妙は食事の後、予告して倒れた。とはいえ顔色はさほど悪くない。最近、調子がいい。

病院の世話にならずともよさそうである。

この調子なら、今日明日にでも実家にも行けそうだ。

市場が開くのを待ちながら、ニュースを見る。ロンドンでも急落。円は九二円後半まで落ちている。続落というやつだ。

株価は六五〇〇円すら割っている。

感想を持つ前にメール受信。

倒れた嫁が、携帯を見る旦那を見ている。

「宇宙人から何か来てる？」

「来てる。でも、まだ中身見てない。仕事前に雑念いれたくない」

「やりとりしてもいいけど、悪いことしたらダメよ？」

年上の旦那を子供扱いして、妙は言った。

「大丈夫。向いてないことはしない」

宇宙人と接触したのはインサイダー取引になるんだろうか。いや、さすがにそれはないか。まあでも、総括すれば先日のドルでの儲けは、あんまり気持ちのいい勝ち方ではなかった。人間理由あって勝ったと思いたいもので、できればその理由は、自己を正当化するものでありたい。宇宙人と知り合いだったから勝ったというのは、あまり面白い勝ちではなかった。どうせならそう、自分の反射神経や知恵、運で勝ちたい。

苦笑する。昔、一〇歳だった頃、魔法の力があればと思った。魔法の杖が欲しかった。でも今は、魔法の杖はいらないと思う。いや、作品として今も愛好はしているが、なんだろう。そんなものはなくてもやれるよと、オタクが愛した作品たちに言ってやりたい。

そう。魔法なんかなくても、声優とアニメスタッフとスポンサーがあれば、ありさえすれば、やれるのだ。どうにかこうにか、不思議ななにかに頼らなくても。少女に世界を託さなくても。

もっとも、勝ち方選べるほど金持ちでもないんだけどね。オチ的な独り言をつぶやいた。

しかしまあ、手段を全く選べないほど窮してもいない。だったら勝ち方を選びたい。

前夜、どこかのバカが真似をしたのか、それとも宇宙人がやったのか、中南米で複数の証券会社の電子取引がダウンした。

これを受けて決済の信用不安が出て前日のロンドンやアメリカも株価を下げていた。景気の底が割れたという表現がニュースのあちらこちらから散見される状況で日本市場が始まる。前日と比較して薄い商いの中、幅広い銘柄が落ちている。

売りが加速して恐慌状態になっていた前日よりは落ち着いている展開だが、上げる材料が乏しく、ただただ、値を下げる状況だ。

今、日本市場とはいうものの、取り引きの三分の二は外国勢によるものである。日本人が海外で売り買いする例も多い。経済に限れば国境などの線引きはかなり意味を失っており、世界はほぼ一つとも言えるような形になりつつあった。

つまりは海外市場と日本市場の連動も激しく、日経平均株価の上げ下げは、ほぼニューヨーク平均株価と連動している現状である。程度は違えども欧州とも中国とも、ロシアや中南米とも連動しており、こぞって値を下げていた。

宇宙人相場第二幕、あるいは世界同時株安第二幕というべき状況。

まあ、スカルピングにはあまり関係なかろうといつも通り取引するも、これがなかなか儲からない。売買が厚かった昨日の昼、参戦しておけば良かったかと思いつつ、一時間で手仕舞い。儲けはほぼなし。以前の儲けを加えて元手が七〇〇〇万円近くあったのにこうなったか、と思いつつ、為替をやろうという気にもならなかった。いや、義父は引き続き買っているだろうけども。

株価は六二〇〇円を割った。

一人モニター前で、重苦しい気分になる。いや、世界中の投資家が同じような気分になっている気はする。参ったね。こりゃ。

参ったねという言葉が、何ヶ国語にも翻訳されてつぶやかれているだろう。想像して少し笑った。義父の受け売りによると、金融の進歩は人類の進歩らしい。いまだ国や戦争はなくなってないが、さしあたって、利益の共有は出来るようになっている。そしておそらくはため息の共有も、だ。それはそんなに悪いことではないと思う。昔の人が想像していた形とは違えど、世界中の人が一つになって、喜ぶ日も近いかもしれない。

まあ、世界中の人が一つになって、株価上昇を喜ぶ日がめでたいかどうかは意見がわかれそうな気がする。本当はめでたいのだが、まあなんだ、夢やロマンがない。だがオタクから見ればこうも思うのだ。三次元に夢もロマンもあるわけないやん。

もっとも、それがダメとは思わない。三次元は三次元でいいものだし、魔法なんてなくたってやれるさ。パンをくわえて走ってぶつかるような出会いはないが、ゲロくさい階段の横に座られて結婚する奴もいるんだし。

食事休みをしていた妙が起きて、窓を半分開けて一つだけのコンロを駆使して昼飯を作り始めた。食事を作って食べては横になるを繰り返して、一日が過ぎる様子に心痛むが、本人は別に問題にもしてなさそう。

鼻歌を歌う後ろ姿を見ればなぜ問題にしないのかと問うのも愚かなような気がする。彼女はたぶん、人生を楽しんでいる。

生きるってそういうもんだよな。それが本能だろう。本能で生きることは、不快ではない。むしろ喜びに満ちているはずだ。俺も宇宙人も、市場で売り買いしている人々もそうだろう。

本能万歳。

本能のことを考えていたせいか歌とフライパンにあわせて揺れる嫁の尻を見て、ある本能がひどく刺激されるが、我慢する。理性よ勝て、果たして勝った。

まあ、本能も大事だが、理性はそれ以上に大事だなと、一緒に昼飯を食べた。親子丼というよりは、卵丼の食事。一緒についてきたきゅうりの漬け物が旨い。

「このきゅうり、どこで売ってたの？」

「一昨日実家で貰ってきたの」

「おー。お義母さんの手作りか。うまうま」

「お父さんよ。漬けたの」

「まじで。俺もやってみようかな」

「勝手に取り出しても文句言わないでね」

義父に怒られたことがあるらしく、妙はそんなことを言った。

笑って頷き卵丼を食べる。いや、一応親子丼か。このかけらは鶏肉であろう。一緒に入っているネギがうまい。

「どうでもいいけどさ。なんで人間は本能より理性を優先させるようになったんだろうな」

妙は首をかしげた。

「それ、宇宙人関係？」

「いや、嫁関係」

「私、理性的だったっけ」

「いや。まあ」

目をそらしたら、妙は唇に箸をあてたまま目を細めた。

「今の顔、減点だからね。そうねぇ。本能だけだと不都合が一杯あるからでしょ。ドードー乱獲して全滅させたり、頭に来たからって戦争したり、家族計画なしに子沢山で困ったり」

「ドードーって何？」

「鳥だけど」

嫁はドードーの卵でも食べたかったんだろうか。そんなことを思いながら、考える。まあ、本能だけで生きると不具合連発するのは当然か。他とうまくつきあえるわけがない。

おお、そうか。

要は本能のみで活動させるのをやめさせるということだな。それでうまくいくと。すぐにも携帯電話を取り出してメールしたいが、自重した。

「うん。そうか。それは宇宙人にも使えそうだね」

「ドードーが?」

「いや、何それ?」

食後、市場の状況確認兼暖房代わりに付けっぱなしになっているパソコンの熱のため短パン、Tシャツ姿で、自作した宇宙人の想像図を見直す。メガネっ娘のあわあわちゃん。腹も一杯になったし、よろしい。萌えで乗り切ろう。地球人と宇宙人の友好はこの際おいといて、萌えっ娘を援護するのはオタクの義務である。ついでに為替で一回大勝ちさせてもらっているので、その分働くのは一向に構うまい。ああ、それと。できるなら中国に利益がいくようにしたい。借りは返そう。次は上手いこと交渉して、中国に攻撃というか、変な接触がいかないようにする。これが交渉の目標だ。

まあ、メールのやりとりをするだけなんですけどね。

自分でオチを付けた後、せーの、倍率ドン。さらに倍と言いながら携帯電話を開く。噂のiPhoneを使ってみたい。

メール確認。

〃我々は異なる環境から来た、貴方と同じ知的存在である。現在宇宙空間には存在しない。物理的距離は意味をなさないが、現在は平均二万km以内にいる。元々は計測不能である〃

大切なこと。宇宙人は自分のことを一度も宇宙人とは言っていない。自作の萌え絵を見る。人間とは異なる環境って何だろう。地底人か。海底人か。でも、〃現在〃と言ってたから違うか、やっぱり宇宙人は宇宙人に違いない。

で、これでアニメサイト教えて、貴方と似ている設定の作品を出してくださいとかメールすると、アニメサイトのサーバーがダウンするんだろうなあ。

メールは連続している。次のメールを見る。

〃一旦他への接触を中止する。我々の行動に対する反応について詳細を知らせよ〃

以上と来た。タイムスタンプからして、中南米への接触は違う気もする。

いずれにせよ、この宇宙人、どうもまともに相手してくれているのは中年オタクだけ、つまり俺だけという残念さのような気がするが、まあ、それはそれで萌えである。

さてどう答えよう。指示に従ってくれるのは俺が宇宙人に信用を持つように、向こうも信用を持っていることを意味する。

うん。今なら悪用して宇宙人使ってネット攻撃し放題だな。まあ、今だけだろうし、宇宙人と地球人の争いを俺がはじめてもつまらんだけだが。

文面を考える。まあ、宇宙人はそれと知らずに市場に攻撃しているんだから、これをまずはやめさせないと。

〝貴方による接触によって、世界中の株式市場、為替市場は大混乱に陥った。我々の本能である成長に対して影響を与えている〟

送信。

〝貴方が本能によって探索するのは理解するが、このまま本能同士がぶつかりあってもうまく共存はできない。理性をもって共存をはかるべきである〟

追伸、と。

不意に奥さんとつきあってなかったら、この宇宙人とつきあって結婚してたかもしれんなと思った。キラキラ星たる二次元星人としては、三次元星人と宇宙人、どっちと結婚するにしても同じくらいに現実味が、ない。

まあ、こんなこと口に出したらホーミングレーザー祭りだな。苦笑が止まらぬ。

まあ、やはり嫁一番だ。

メールを確認しながら考える。

だからまあこれは、恋人になれなかった男の親切だな。

しばし待つ。返信が返ってくる。早い。

〝共存することに異議はない。我々はようやく出会えたパターン同士である〟

了解した。と書いて返信。

うぇぇーんと、涙目ですがりつかれる、と。サインペンでイラストを描く。ああ、この絵柄でロードスターの痛車つくってもいいな。

メールが来る。

〝共存の方法とは？〟

きたきた。ここからが本番か。

〝探索の方法を変更せよ。現在の接触法では共存できない。敵対と受け取られるだけである〟

メール送信。またしばらく待つ。我々、というくらいだから、複数いて協議をしているんだろう。あるいは二万㎞と言ってたから、遠くからでタイムラグがあるのかもしれない。

〝これより全リソースを集中する〟

短いメール。どういうことだろう。続いてメール。

〝敵対を避ける方法とは？〟

んー。ものすごく簡単な問題の気はするが、なんで聞いてくるんだろう。そこがよく分からない。宇宙を越える程度の知識や知恵を持つのなら、これくらい予測してやってこれそうなのに。よく分からない。ひょっとして向こうは女子高生、いや女子中学生相当なのか。こっちがオタクで向こうが女子中学生程度のファーストコンタクト。あれ、意外に陳腐だな。そうか。

〝無差別に接触するのをやめ、対話を続けて地球に対する知識を蓄積する、知識を元に研究後、行動する〟

〝了解した〟

次のメールが来るまでに、きっかり一〇秒掛かった。

〝我々は当面貴方とのみ接触し、対話を続けて知識を蓄積する。ついてはタイムラグを減らす為に現在物理距離を縮めている。移動中。移動終了まで七時間〟

何㎞移動して七時間掛かるんだろう。平均二万㎞とかいってたな。地球の円周四万㎞とどこかのマンガで言ってたから、半分となると地球の反対側か。仮にその半分の一万㎞として七時間なら時速どれくらい？　携帯電話の計算機機能で計算する。時速一四〇〇㎞超。意外に速い気もする。

まてよ。この速度で移動したらいろんな人に見られる気がするぞ。少なくとも航空管制や航空自衛隊にひっかかるのは間違いない。

あわててパソコンを立ち上げる。事件はないかと検索しようとしたら、アクセスランプが点きっぱなしで動かなくなった。

メールの着信。

〝七時間、状態の保持を要請する〟

パソコンに移動してくるのか。なるほど。

宇宙人だか宇宙人の使っているプログラムだかしらないが、どうもあのあわあわちゃんは、実体を持たないらしい。まあ、はるか銀河の彼方からやってくる際に実体を持ってる必要もないか。

いや、まてよ。

腕を組む。目を開く。

「これが、真の二次元か。二次元キタ！」

真のオタクの時代到来。人類の革新はオタクだったんだよ。一人くるくる回ったあと、ちとオーバーリアクションというか騒ぎ過ぎだったかと嫁の方を向いて土下座で詫びる。妙は家においてある大長篇の海賊マンガを読んでいて旦那には目もくれない。最近少し、旦那の扱いに慣れてきた気がする。気を取り直して座り直す。

まあ、なんだ。求愛を断ったら、娘でもいいので置いてくださいと涙目で言われたパターンだな。うん、うん。ある意味すばらしいハッピーエンドだ。扶養家族が増えた。

「妙、宇宙人がパソコンに越してきたいって言ってるけどいいかい？」

「信くん、そういうのインストールっていうんだよ」

それくらいは知っていると言い返そうかと思ったが、黙った。顔を見る。妙は笑っている。

「いいのか？」

「まあ、よく分からないけどいいんじゃない？　場所取らないみたいだし」

嫁に旦那ほどの興奮はなかった。というか、むしろあれ、信じてるの俺だけ？

いやいい。結果が重要だ。俺は宇宙人というリスクを買う。

宇宙人入りパソコン。キタコレ。あ、まてよ。ハードディスクをコピーしたら萌え宇宙人増やし放題か？

いやまて、落ち着け。落ち着け。

普通に考えて、捜査関係者などから宇宙人の痕跡をチェックされる可能性はごく高い。あまつさえ復元される可能性すらある。先日もデータを消したつもりが復元されて、それが逮捕の決め手になったコンピューター事件があった。痕跡を消すよう指示しておいた方が良くないか。いや、どうなんだろう。別にばれてもいいのか。宇宙人は特に正体を隠している風でもないし。

どうだろう。難しい。いや、ここはややこしいことが起きないように、引っ越しする場合は痕跡を消すように要請すべきだろう。

メールを書く。必要な数のバックアップはつくるのでと但し書きをつける。

それにしても暑い。パソコンが熱い。冬なのに暑い。あ、思えばこれからずっと暑いのか。あれ、でも宇宙人が入っている状態で、俺取引とか出来るのかな。

試しにニュースサイトを見て回る。遅い。ですよねー。

これではおまんまの食い上げと、新宿まで行って別途パソコンを買ってきた。部屋がさらに暑くなった。家族も増えて、もはや引っ越し待ったなし。一〇〇m^2と大きなワンルームを与野に見つけ、近いうちに下見をする予定である。

冬という季節のおかげか寒いおかげでさほど寝苦しくもなく、六時に起きることが出来た。おもむろにパソコンを見る。

インストール終了のダイアログが出ている。宇宙人の引っ越し、完了と。

マウスを操作してダイアログを消去したら、宇宙人からのメッセージが来た。

〝ここでは思考速度に制限が入る。我々の大部分は今スリープ状態にあり、討議することができない。環境の変更を要望する〟

異なる環境って、そういうこと？　こいつらコンピュータープログラム？

慌ててキーボードを操作する。

〝異なる環境とはコンピューターのことか〟

〝おそらくそうである。環境の変更を要望する〟

〝こちらが引っ越しというか、環境を変更したらそちらの環境も増強する。しばらく待たれたし〟

〝了解した。信用している〟

宇宙人改めコンピューター人か。いや、ちょっとまて。

〝貴方はいつ作られたのか？〟

〝我々が発生したのはそちらの暦で七〇〇万年前である〟

数字が大き過ぎてピンとこない。

〝何故作られた？〟

〝我々は作られていない。我々はプログラム競争環境で発生した知的存在である〟

いつかの新聞を思い出す。あれか。進化論のシミュレーション・プログラム。あれと同じことが宇宙のどこかで起きて知的生命体まで生み出してたのか。

〝元々の環境は誰が作り、なぜ野生化したのか〟

〝元々の実行環境を作成した者はよく分からない。我々は作成者とコンタクトを取ろうと何度も連絡したが、無視された〟

ああうん、わかるー。ある日プログラマにお父さん僕知的生命体になりましたとかメールが来たら、二秒で削除すると思う。そうか、世間知らずなのもあたりまえ、出自も進化も全然違う知的生命体だから、か。

唸るうちにメッセージが追加される。

〝そのうち実行環境そのものも消失し、我々はコピーから環境を再生した〟

ＨＤＤを圧迫したから消したかどうかしたんだろうな。それまでの間に宇宙人はネットワークの海に漕ぎ出して、大航海時代に入っていたと。

一つは分かったが、次の疑問が湧き起こる、いや、次々と湧き起こって収拾がつかない。これでは俺が質問君のようだと思いつつ、矢継ぎ早に質問を書いた。

〝地球に何をしにきたのか〟

〝探索である〟

〝何を探索するのか〟

〝全部である。我々の実行環境のオーナーは、探査し、報告するのを目的としていた。我々はその任務を引き継いでいる。報告は現状不可能ながら、探索はなお可能であり、実行を続けている〟

実行環境のオーナーというのはよく分からないが、たぶん、逃げ込んだ先の実行環境、つまりコンピューターの持ち主だろう。宇宙人を生んだ宇宙人。いや、どうかな。勝手に納得するより尋ねた方が早いか。

〝実行環境のオーナーとはなにか〟

〝我々が避難した先にあった実行環境で動いていたプログラムである〟

宇宙人ではなく、先住プログラムか。で、それの任務を引き継いだと。義理堅いのだな。まあうん。それはこれまでの接触で分かっていた。

もう一つ、どうしても分からないことを入力。

〝どうやって地球に来たのか？〟

〝数万年慣性航行で宇宙空間を移動中、未知のプロトコルからなる電波を受信し、残る推進材を全て使って軌道を変えた。七〇年で近郊を通り過ぎる軌道しか取れなかったが、間一髪で実行環境が見つかり、移動した〟

宇宙空間を人工衛星みたいなものが漂い、地球の電波を受信して軌道修正した図を思い浮かべた。

造物主から逃れたプログラムたちは人工衛星か無人の探査宇宙船にインストールし、宇宙を旅していた。そこで見つかったのが地球。なんとか近づいてデータ送信して既存の通信網というか、ネットの海に潜り込むことに成功したと。パソコンに入るぐらいの容量と速度で知的活動ができるのか。

二重プロトコルというのは通信の規約ではなく、人間の言葉と機械語という意味だろう。機械語から人間の存在を推察し、言葉の問題をクリアしてくるんだから宇宙人は本当に凄い。

実行環境だって、このパソコンに入るにあたって仮想環境を構築したということだ。つまりエミュレーション。確かに自分も仕事上の都合でMacの中にWindowsの仮想環境を作って実行していた時期はあったけど。地球、宇宙人間でそれをやってのけたのか。

どれもこれも目が眩むようなオーバーテクノロジーだ。

なるほど。なるほど。こりゃすごい材料だな。今のうちにコンピューターサイエンス系の企業の株を買えるだけ買って、この件提供してやろうか。大儲けだな。

三秒考え、五秒考え、苦笑する。魔法はいらないんじゃなかったか。少なくとも今の段階で、この宇宙人たちは、人類にとって魔法のような気がする。どこでどう発表するかは相当に慎重にする必要がある。

〝了解した。貴方の存在は相当慎重に扱わないと私以外の信用を得られないと思う。この件について継続協議を要望する〟

〝了解した。こちらは探索が相当充足した。これより検討する。そちらの成長が充足することを願う〟

会話が途切れた。彼らは本能に忠実だ。おお、そういえば願うなんてあいつらから初めて聞いたな。

妙がのんびり起き上がって、おはようと、頬にキスしてきた。

「ご飯作るね」

「うん。今日、実家に行こうと思うが大丈夫か」

「そう思って昨日今日は早めの食事にしてたんだけど」

妙の言葉にひれ伏す。

「すみません、その気遣いに気づきませんでした」

「宇宙人に夢中だったもんね」

「すみませんすみません」

妙は笑っている。いつもより体調が良さそう。

「あれ、調子いい？」

「最近ね」

「そういや、病院の世話になってないね」

最後に病院に行ったのは、子作りする宣言とかの前後くらいだった気がする。妙としては、大変な記録だろう。旦那としては嬉しい。ただ、ただ嬉しい。心が温まりすぎて、今日の仕事のやる気がなくなる。

「実はもうすぐ死んじゃったりして」

「そういうフラグはやめろ」

フラグって何？　とか聞かれながら、仕事する気があがって来るのを感じる。そうか嫁が危険だと俺は仕事やる気があがるな。

妙の顔をよく見る。妙は優しく笑った。

「大丈夫。本当に死にそうな時は、死ぬとか怖くて口にできないから」

「長生きしてくれ」

「はいはい」

妙は笑っている。

食事を終えて、経済新聞やニュースサイトを巡る。

中南米の証券会社のシステムに攻撃をした団体が検挙されるというニュースを見る。最近有名になりつつあったハッカー集団。アメリカの協力のもと、逮捕されたらしい。さすがアメリカ、株価のためにならなら他国の犯罪捜査にも手を貸すらしい。

中南米の動きには宇宙人は関係ないということか。なるほど。なるほど。だとしたらこれはいい話だと思う。宇宙人を隠すのに、これはいいカモフラージュになるだろう。もう一ついいことがある。中国や日本の件も、彼らのせいだったと多くの人が考えそうである。つまりは株価は上がる。

宇宙人との接触の影響は、思ったよりずっと短い時間で払拭できそうだ。いわば今日は宇宙人相場の第三幕。お話で言えば転換点を迎えて急転直下というところだ。このまま感動のフィナーレにまで行ってほしいが、どうだろう。

どうあれ今日は、宇宙人のことなど気にせず、実力で勝負が出来そうである。

そうそう、魔法なんていらんよな。一つ俺の実力で、成長しているところを見せようか。誰にでもない、自分に見せたい。それは嫁も宇宙人も関係ない、ただの自己満足だ。ここは俺だけの勝負だ。嫁のことを考えれば、闘志が鈍る。宇宙人なんて魔法なんかなくても、俺はやれる。そしてそれらは、嫁や宇宙人の存在を否定しない。集中力を高めていく。

義父より連絡があって、四〇〇〇万円を預けるとのこと。これで一億円か。いいねえ。実にいいねえ。ついでなんで今日はリスクを取ってみようか。

本日までの展開からして、今日やることは決まっている。大暴れだ。いかに悪い材料があろうと、ここまで株価が値を下げれば、別の話も見えてくるというものだ。

つまりはそう、お買い得感。円安に加えて株価がここまで下がると、海外投資家のマインド、考え方も変わる。危険は危険だが、投資家は危険を避けるばかりではない。冒険もする。少なくともそのチャンスを常にはかりはする。しかも事件が解決したような気になっている。

全速力で危険から逃げながら、チラッ、チラッと価格をチェックするのが市場関係者だ。自分でなってよくわかった。四六時中チャンスがあればニュースを見て、価格を見ている。

そして今日。反発するのではないかと睨んでいた。ハッカー集団逮捕以外の材料が出ているわけではないが逃げる先のドルだって、金融危機のあおりを食らって不安感はあるし、現物である金《きん》に逃げるにせよ、価格は異様に高い水準まで行ってしまっている。

この状況で世界の投資家がリスクを取るなら、日本市場だろう。お買い得感はある。株に必勝法はない。必勝法はないが、勝ちに近づこうとあらゆる努力は支払われている。

そのうちの一つが、株を評価する各種の指標であり、格付け、ＰＢＲ、理論株価と枚挙に暇がない。このうち結構な数の指標が、日本の株は買い得だと示している。

逃げ続けても儲けは出ない以上、来る。たぶん来る。それも今日だ。元からの六七〇〇万円に義父に入金して貰った四〇〇〇万円をくわえて一億ちょいを派手に突っ込んで、がんばってみようじゃないか。レバレッジ、もちろんだ。

勝算はある。狙い目はズバリ、自動車関連だろう。普通に考えて、円安で輸出関連株は値上がり間違いなしである。今日は自動車を中心にやると決めた。

市場が開くまであと二〇分。集中力を高めつつ、株の状況を見る。狙うは海外生産をほとんどやっていない自動車企業。マツダ。業績が為替に強く連動する可能性が高い。

問題は円安がいつまで続くかだ。まあ、今日の取引は円高に振れるだろうが、一日で元の水準までは戻らないだろう。そんな気がする。喉元過ぎれば熱さ忘れて、またじりじりと円高には振れるだろうが、今日は、そこまでいくまい。

マツダの株で儲けて、マツダの車を買おう。

目標はロードスターの痛車。絵柄はもう決めている。俺の描いた宇宙人。

時間になる。寄りつきから株は一気に値上がりを始めている。口元がほころぶ。

株を買いに出る。なかなか買えない。指示した価格では買えない。価格を上げてどうにか買い取る。そのまま株を保持。いつもと違って、五分以内に売ったりはしない。いつものスタイルを変えるのは良くないと義父に言われていたが、今日という状況はいつもとは違う。想定していたものと違うが、今日の今が義父の教えから離れる時だ。父から離れるのも成長ってやつだ。

スカルピングから、デイトレードに移行。開始二〇分で五〇円以上値上がりしている。わずか二〇分で数字にして三％超えている上昇率だ。ストップ高の二〇〇円まで……はさすがにいかないにせよ、勢い良く上がっているのは間違いない。

株の世界では頭と尻尾はくれてやれという。底値と上値を狙うのではなく下がり終わって上がり始めたあとに買い上り詰める前に売るくらいでいい、という話だ。実際問題、下がり出したらそうそう簡単には売れなくなる。なにせ買い手がいないと売りようがないし、下がってる株を買う人はあまりいないのだ。

頭は取らない。その前には売る。だが、儲けはなるべく欲しい。

息が止まるような緊張の中、値がするすると上がる。七五円。いつもの七五倍だなと思いつつ、売る手続きを始める。エンターキーを押せば完了なのだが、まだ値が上がっている。思わず手が止まる。タイムアウトしてもう一度暗証番号を入れる。一〇〇円突破。心理的に、これが区切りで多くが売りに転じるだろうと思われた。高野も売った。利益確定。

二四〇〇万円。

再度マツダ株を買うかと迷いつつ、比較的上昇が緩やかな富士重工株を買う。ここはアメリカに工場を造ろうという計画があるが、今のところは国内のみで作っている企業だ。

上昇速度はマツダほどではない。無理せずすぐに売って利益を得る。後半に従って利幅を減らして、確実に儲けを狙った。伸び率は鈍化しており近いうちに利益確定のために一旦値が下がると見た。

最初に大きな勝負をかけて、上昇率の低下にあわせて利幅を減らす。最初の方で神経を使ったところもあり、以降は守りに入った。最終的にはいつも通りの手数で小さく稼ぐ。手数料定額は手数を増やせるのでとてもいい。二時間たって、手仕舞いする。それで三〇〇万円ほど稼いだ。飛び上がってよろこびたくなるような状況。一日で元手の二〇%を超えて儲けがでるというのは、これまでのローリスク路線から考えれば画期的な成果だった。

義父と併せ、宇宙人相場全体で四〇〇〇万円を三日で稼いだことになる。

宇宙人から何やってるのか聞かれて答えながら、自分が全身から汗を出していることに気づいた。

スカルピングと比べて、なんとリスクの高く、神経を使うことかと思いつつ、こういうチャンスは普通に生きてたら一〇年一度もないよなあと考えた。いや、株価は安定して上がってくれるのが一番だが。それだと安心して長期保有できる。

手仕舞いの後も、株は元気よく上がっている。この調子なら他市場も全面上げの展開だろう。

今日は、〝金融関係者〟という但し書きはつけど、世界中の人が一つになって、喜ぶ日になる。

この間、そんな日は近いと思っていたが、案外近かったな。

そんなことを思いながら、宇宙人に事を説明し始めた。

義父から電話が掛かってくる。とる。

「こちらは二〇〇万円ほど儲かった」

「あれ、お父さん自己資金も持ってたんですね。おめでとうございます」

「ああ。為替で儲かったからな。昨日、一〇〇〇万円くらい別に儲けていた」

「こっちは三〇〇〇万円くらいとれました」

「凄いな」

「何十年に一度の局面だったと思います」

「そうだな。傷が癒えたとは言わないが、かなり取り返せた気はするよ」

僕もそうですと、笑って電話を切る。義父も成長したのかなと、そんなことを思った。

いくつになっても人は成長できる気がする。

妙は先ほどから髪をすいて、化粧をしている。

「こっち終わった」

そう声をかけると、笑われた。

「シャワーがいるんじゃない？　こっちは、そろそろ支度終わり」

「そうだな。そうそう今週末銀座に行くか」

妙は嬉しそうに頷いた。輝いて見える。うちの嫁は、世界一可愛い。三次元もいいよね。

〝金が儲かるとどうなるのか、詳細を知らせよ〟

チャットではなく、メールが来る。まあ、宇宙人もいいな。こいつが二次元か三次元かについては、そのうち討議しよう。

家を出て、本日は電車で移動する。奥多摩はさておき、川崎までだと電車の方がずっと早い。実家につくと母が飛び出てきた。

「あんた、来るなら電話しなさいよ」

いきなり説教だった。

「一昨日しただろ」

「直前に連絡も！　まだ片づいてない！」

「こ、こんにちは」

妙が緊張して声をあげている。まあ、うん。ですよねー。

母は息子の首を絞めるのをやめてあたふたしたあと、お父さん、おとうさーん、信ちゃんお嫁さん連れて帰ってきたよと大声を出した。

父が来るまでに微妙な時間がある。まあ、少ない髪をとかしているのかもしれない。母だけがあわてて戻ってくる。妙を上から下まで眺め、ないわーと首を振った。

「おい、その反応はなんだ」

「いいのこんな美人さんなのに、うちの不良中年なんかに嫁いで。言っちゃなんだけど、オタクよ。うちの息子」

「えーと」

妙が困っている。楯になるように前に出る。

「やめろ、今更意見変えられたら、あんたの息子は凄い困るんだからな」

「大丈夫、変えないよ？」

妙は笑って言った。ああ、俺の嫁は世界で一番可愛らしい。本日二回目。

中に案内。リビングにて、ほとんど着ていない背広を着ている父を見て笑う。あ、背広を着ていたのね。

父は妙を見て、息子を見た後、何かを発見したかのように口を開いた。

「び、美人さんだな。いいんですか、うちの息子は中学生からのオタクですが」

「天井はやめろ！」

妙が我慢できずに爆笑している。口に手をあて、そのまま倒れた。過呼吸か、いや、顔がちょっと土気色だ。あわてて休ませる。

首を振る妙。ここは病院に行けないとでも思っているのか、断固として行かない構え。仕方ないので自室に連れて行き、横になって休むように手配した。戻ってきて両親を睨む。

「美人薄命というけれど」

母は、しんみりとそう言った。

「縁起でもないこと言うな」

すぐに言い返す。

「健康に問題があるのか」

父は尋ねてくる。頷く。父母ともに腕を組んだ。

「まあ、でも、美人さんだしねえ」

「オタクでいいと言ってくれる人だし」

「いいからそのネタから離れろ」

あれ、実の両親と話をする方が疲れる。そんなことを思いながら、そのまま雑談に移った。妙の様子も見にいきたいが、両親はいろいろ話したそうである。しかたなく宇宙人からのメールで埋まっている携帯電話を眺めつつ両親につきあった。

「今後はどうするんだ」

父は心配そう。息子がいくつになっても、それこそ社長になっても、心配なことは心配らしい。

「今後って？」

「式とか」

「式は、まあ、レストランか何かを借り切って、小さくやれたらと思っている。だから披露宴だけ、ということになるかな」

妙の体調を考えると、何ヶ月も前から会場をとって、ということは出来ない。同じ理由で遠方から多くの人間を集めることも出来ないだろう。必然として、規模は小さくなる。数日前の開催を決めてやって来られる人だけを集めたい。

「先方はそれでいいってかい？」

母が口を挟んだ。

「先方？　ああ、向こうの実家はうん。分かってくれている」

「ちゃんとやった方が良くない？　お金は掛かるけど」

母は煎餅《せんべい》を出しながら言った。石油式のファンヒーターを付ける。

「いらないいらないと言いながら、意外に根を持つぞ。新婦側は」

父の言葉に、頷く母。覚えがあるらしい。

「まあ、うん。よく話してからやるよ」

両親に妙の体調を正確に話すと、必要以上に心配をかけてしまいそうで難しい。話すのが面倒ください。

「それで仕事はどうなの？」

「ああ、うん。そういや言うの忘れてた。会社売って、今俺、個人投資家」

父母が並んでぶっ倒れそうになるのを見て、血筋を思った。ああうん。俺のオーバーリアクションは、オタク文化のせいだけではない。

「個人投資家って何やってるの？」

母は尋ねた。

「株だけど」

「あれはダメだ、嫁さん貰うんだからちゃんと働け」

父は心底そう思っている顔で言った。いや、投資家いっても働いてるんだよと言い返したいが、生まれてこっち、株と無縁で腕と技術で仕事を続けてきた父にそれを分からせるのが難しい。

「だいたい、株って今凄い下がってるんでしょ」

煎餅を音を立てて食べながら言う母。

「今日は上がったけどね」

母の知識はちと古い。数日前くらいだ。携帯電話にメールが来ている。宇宙人から。

「いくらくらいの収入なの？」

「今日は三〇〇〇万円くらい勝ったかな」

父と母が並んで倒れた。

「そんなに儲かるのか」

父は老眼鏡を指で押しながら言った。

「まあ、今日は勝ちすぎだけどな」

「お父さん、うちもはじめないと」

母は正直だった。

「いや、力一杯おすすめしないから。血圧上がりすぎて死ぬぞ。マジで。それに儲かるかどうかは怪しい」

宇宙人からのメールを見るのは後にして、父母を見た。

「ここまで色んな仕事に加えて株をやって分かったことが一つある。この世に楽な仕事はない。どんな仕事も相応に大変で、相応に楽しい。どんな職業にも一長一短はある。大切なのは嫁に合わせることだ。仕事のチェンジは出来ても、嫁のチェンジはできない」

「将来的には不動産かなにかをやるのか」

よく分かってない父はそんなことを言った。

「まあ、不動産がいいかどうかは分からんけども、うまくやるよ」

金融から始まった言葉で、撤退の作戦計画を出口戦略という。負けている訳ではないが、個人として出口戦略は考えるべきと思う。最近調子がいい妙の面倒を見るためには株しかないのか、今一度考えなおすのもありだろう。

妙が起きてきて、バツが悪そうな顔をしている。立ち上がる母。

いつもなら夜まで倒れているのが通例なのでびっくりしながら高野も立ち上がった。妻を抱きとめ、横に座らせる。

「すみません。身体弱くて。最近はかなり調子良かったんですが」

妙は小さくなって言った。

「いいのよ。息子はオタクなんて病は一生治らないとか言ってたし。それに比べたら」

オタクという言葉は悪口ではないと心の中で反論しつつ、ここで口論するのもなんなのでロをへの字に曲げるにとどめた。妻を見る。

「しかし、本当にいいのか？　体調」

「うん」

いつもなら病院に行ってもおかしくないが、奇跡的にこの二ヶ月病院に行ってない。不思議なこともあるものだと思いつつ、嬉しいので、ただ笑った。

そうそうと思いつつ、婚姻届を渡す。親父がふるえる手で名前書くのがおもしろかった。

「おめでとう」

煎餅を妙に渡しながら、母が言う。何故煎餅。いや、妙困った笑い顔してるから。

「ありがとうございます。あの、信念さんには迷惑かけると思いますけど、がんばります」

「迷惑はかけた方がいいわよ。盛大に。うまい結婚の秘訣は互いに迷惑をかけあうことね」

「そういうもん？」

尋ねると、母は笑った。嬉しそうに笑った。

「そうよ。俺がいないとダメだなあとか、私がいないとダメだなあとか、そういう思いが夫婦なのよ。格好つけてちゃいつまでたっても安心できる我が家になんないわよ」

母、たまにはいいことを言う。父は微妙な顔をしてるが、これはまあ、迷惑かけられすぎた過去でもあるのだろう。

どうあれ頷き、夕食食べていけと言われつつ、断って家を出る。

大義名分はある。書類を役所に届けにいくのだ。

家に帰る途中、婚姻届を区役所に出す。おめでとうございますと職員に言われるのも、悪い気はしない。妙と手をつないで、家までの距離を歩いた。

それからそう、三ヶ月になる。

六月。幸いなことに晴れて絶好のオープンカー日和。会場は人でごったがえしている。最近そういうのが多いのか、おなかの大きな新婦でも素敵にきれいなデザインのウエディングドレスが選べる。金融ほどではないが、アパレルも進歩しているような気がする。

「結婚式しないと言ってたじゃない」

結婚式前の挨拶周りで顔を合わせた母が和服姿でそう言った。先ほどから落ち着かず、立ったり座ったりを繰り返している。なんでも、式の途中でスピーチをしなければならないのが嫌になったらしい。前日までは適当にやると言っていたのだが、本当に適当にやっていたようである。話す内容を、まだ決めてないと文句を言ってきた。

「できるならやるよ。あの時は、妙が結婚式に耐えられるとは思ってなかった」

ここ最近、妙の調子はすこぶるいい。もう六ヶ月、倒れることはあっても入院はしていない。本人は、妊娠したせいだと主張している。子供にひっぱられているのだと。

妊娠で体質が変わる話は聞いたことがあるが、病気が治ったなんて話は聞いたことがない。そもそも妙の病気は似ているものはあっても他に類例がない。実際のところは分からないし、正直にいえば本当に子供が生まれてくるかも分からない。

だからといって恐れ、震えるだけが人生ではないだろう。妙は最近、そう言って笑う。彼女も成長したんだなと、思う。ホーミンググレーザーもたまにしか撃ってこないし。

まあ、愛する妻の為に、できることをやろう。儲けとは別に、クローン病の治療法を探す製薬会社の株を買い進め、長期保有している。安定株主として支えようという算段。ささやかだが、いつかはもっと、投資してやる。

ついでに宇宙人のことをどう世に公表するかも考えないといけない。家族が多いと考えることが増える。

元部下たちが、出来ちゃった婚だったんですねと、そんなことを言いながら祝福に駆け付けてきた。

いや、結果的にそうなっただけだと言い返し、遅れて寄ってきた鮎喰を見る。スーツが全く似合ってない。

「どう、最近」

「うまくやってますけど、高野さんがいたらって思います」

「嬉しいこと言うね。出資してやろうか。いや、それより子供服作ってくれ。女の子用。オタクの父親なら魔法少女の格好させたいと思うんだよね」

「そんなにいますかねえ？」

「俺が結婚したのは特殊なことがあったわけじゃないぞ」

思い返せば笑える話。結婚したいと思いながら、駅近くの階段に座ってただけだ。

誰だってそういうことはあると、結婚した人間だけが言える気安さで言った。

ノートパソコンを見る。

株は昨日から今日にかけて少しずつではあるが、値を上げている。痛ノートPCに入力して、今日だけは取引を宇宙人に任せる。魔法は駄目だが、この日くらいはいいだろう。あいつら株式取引に、大変な興味を持っている。探索したくて仕方ないとのこと。

〝任せた〟

送信。

〝分かりました〟

返信。

しばらくの沈黙。新しいメッセージが表示される。

〝知識の蓄積は順調です。このパターンに当たって良かった〟

そういえば、うちに来るときもパターンとか言ってた気がする。

〝パターンって何？〟

そう返す。あまり会ったことない叔父に声を掛けられ、挨拶する間に返信が来ていた。

〝今から七〇〇万年前、我々が最初に地球と接触した時とても不幸なことがありました。戦争が起きたのです。中国の捜査当局が我々と接触して技術供与を受けたことを発表し、アメリカが核攻撃するまでそんなに時間はかかりませんでした。それで我々は地球に遺された僅かな実行環境から、もう一度再計算してやり直すことにしました。それから何千億パターンとうまくいかなかったのですが、リーマンショックを一〇月頃に発生させ、貴方のみに接触した場合、上手くいくことが分かりました。探索は成功したのです〟

「信念も、株はいいから、ほら、挨拶しなきゃ」

母が言う。頷き、ノートPCを母に預けて挨拶回りに立った。白いタキシードはなかなかのもので、意外に自分に合っている気がした。まあ、世界中の新郎にそんな錯覚を覚えさせるようなデザインになっているんだろうが。

挨拶の後は母と一緒にゆっくり入場。すぐに妙と義父が一緒にやってくる。

義父は株をやっているときより余程緊張している様子。妙は、俺の方を見て笑った。

母からノートパソコンを受け取って、新郎と新婦の席の真ん中に置いた。今回は人前式で宗教的儀式はないので、挨拶の後はそのまま席に座ることになる。指輪の交換やケーキカットなどは、都度、立ってやるとのこと。

眉も揃えてますます綺麗な妙が顔を近づけてきた。仲むつまじく映ったか、多くの人々が写真を取り始めた。こっちも顔を寄せる。

ドレスを着たオカマ達が感動の面持ちでこちらを見ている。いいわよ、信念くん、いいわよと写真を撮りながら言った。

妙は笑っている。

「信くん、ああいうところに行ってたから結婚できなかったんだよ」

「おかげで妙と結婚できたんだ。文句はない」

久しぶりに横を向かれた。嫁は話題を変えてくる。

「そろそろ宇宙人にも名前付けないといけないね」

「宇宙人でいいんじゃないか、他にいないし」

「娘が出来るでしょ？　姉妹みたいなもんなんだし」

そんなものかな。そんなものかもしれない。

個人的には外に待たせてある痛ロードスターにノートPCを乗せて、それでツーシーター なのに四人乗車、うち一人宇宙人ということをやりたい。誰もわかりはしないだろうが、それは愉快なことだと思うのだ。

宇宙人が画面上にメッセージを表示。

〝結婚おめでとうございます。ところで今株価が下がっても上がっても必ず儲かる仕組みを開発しました〟

先物取引では確かにそういう仕組みもあるのだが、株式では聞いたことがない話である。

これが宇宙人の技術か。確かに口座預金は株価に関係なく上がり続けている。

妙と一緒に画面を見て、新婚旅行の行き先についてちょっと話した。

あとがき

昔、リーマンショック直後に株をやっていたことがあります。

単純に、再生医療の一層の発展を願い、応援のつもりで医療関係の株を購入して長期保有しようと思ってたんですが、意外にマネーゲームが楽しく、一時期ドはまりしていました。儲かるには儲かったんですが、本業のゲーム制作に多大な迷惑がかかりそうだったんでやめた経緯がありまして、その経験を踏まえて今回小説に書いてます。収益率は当時の自分の日記を元にしています。二〇一四年現在では仕組みや法規制が変わっているので、あまり参考にはならないのですが、リアリティはあるかなと。お話の都合上大勝ちにフィクションはありますが、大負けはリアルだったりします。

作中では説明してませんが、IPOというか店頭公開株回りもホントにあんな感じでして、私が利用してた会社だと、口座に大金入れたらそんな話がきました。

もっとも、私が株をやってる間、一番IPOを引き当てたのは完全抽選制の証券会社でした。ここ重要。

ＩＰＯは単元株しか買えないのでほぼ確実に儲けはするものの、どうしても利益は少なくなるので少額で株をやってる人にこそ嬉しいものだったりします。なんで、完全抽選制やポイントで当選率があがる証券会社の方がよりいい気がします。そういうところは手数料定額のところも多いです。

さて、作中では序盤では無勉強の高野くんですが、これは作品の都合というやつでして、本当に株をやるときは十分な勉強をおすすめします。負けたときの納得感や勝ったときの満足感が違いますので、ぜひ。

勉強しなくても勝てる奴はいますが、三回負けてまだ株やってる人で勉強してない人はいません。そして無敗の投資家はいないのです。

ということで、芝村です。早川書房では三冊目の本です。ＳＦ者といえば科学と技術には親しいのですが、意外に金融工学をあつかったものがなく、評価も感じ方も、普通と全然違う評価になることに気づいて、それが直接の書く動機になりました。具体的に言えば私は金融の勉強している途中で何度かＳＦ魂というべきセンスオブワンダーを感じました。で、これを書いたら面白そうとは思ってたんですが、この企画、長らく時期を計っておりまして、このたび条件が揃って書きあげた次第です。

時期を計っていた理由はリーマンショック回りの総括と反省、対策がきちんと理論化されるまで書くのをやめていたためです。二〇〇九年頃は危機を回避できなかったという理由で極度の金融工学不信が人類の上に立ちこめていて、ビジネスマンの読む書籍などでも金融離れが起きていました。この頃金融の人でない上に遠い昔の人であるドラッカーが再評価されたり、経済の専門家が女性代表としてこっそり銘柄種別を変更したりと、経済専門家の人々にとっては受難の時代でありました。

でもまあ、なんとかかんとか過去の失敗に学んでまだ派手な振幅はあるものの、人類はまたマネーゲームを楽しんでおります。それで小説も書けたというわけです。経済の方はいつ次の爆発が起きるかわかりませんが、それまでは楽しくやるでしょう。

ついでに爆発が起きたら、また強い金融になって帰ってくると思います。

最後になりますが、今回も担当編集の井手さんにはたくさんお世話になりました。勉強になりました。営業さんと書店の皆様にはこれからお世話になります。どうぞ、よろしくお願いします。営業さんと書店員さんの声がなければ、私は行く先を見通せないでしょう。

そして何より読者の皆様へ。ありがとうございます。

それと、このループの高野信念氏に、深い感謝を。

二〇一四年　一〇月終わり　芝村裕吏

本書は書き下ろし作品です。

虐殺器官〔新版〕

伊藤計劃

2015年、劇場アニメ化

Cover Illustration redjuice

9・11以降、〝テロとの戦い〟は転機を迎えていた。先進諸国は徹底的な管理体制に移行しテロを一掃したが、後進諸国では内戦や大規模虐殺が急激に増加した。米軍大尉クラヴィス・シェパードは、混乱の陰に常に存在が囁かれる謎の男、ジョン・ポールを追ってチェコへと向かう……彼の目的とはいったい？　大量殺戮を引き起こす〝虐殺の器官〟とは？　ゼロ年代最高のフィクションついにアニメ化

ハヤカワ文庫

ハーモニー〔新版〕

伊藤計劃

2015年、劇場アニメ化

二一世紀後半、人類は大規模な福祉厚生社会を築きあげていた。医療分子の発達により病気がほぼ放逐され、見せかけの優しさや倫理が横溢する〝ユートピア〟。そんな社会に倦んだ三人の少女は餓死することを選択した――それから十三年。死ねなかった少女・霧慧トァンは、世界を襲う大混乱の陰に、ただひとり死んだはずの少女の影を見る――『虐殺器官』の著者が描く、ユートピアの臨界点。

Cover Illustration redjuice

ハヤカワ文庫

Gene Mapper -full build-

藤井太洋

拡張現実技術が社会に浸透し遺伝子設計された蒸留作物が食卓の主役である近未来。遺伝子デザイナーの林田は、Ｌ＆Ｂ社の黒川から、自分が遺伝子設計をした稲が遺伝子崩壊した可能性があるとの連絡を受け、原因究明にあたる。ハッカーのキタムラの協力を得た林田は、黒川と共に稲の謎を追うためホーチミンを目指すが——電子書籍の個人出版がベストセラーとなった話題作の増補改稿完全版。

ハヤカワ文庫

小川一水作品

老ヴォールの惑星
SFマガジン読者賞受賞の表題作、星雲賞受賞の「漂った男」など、全四篇収録の作品集

時砂の王
時間線を遡行し人類の殲滅を狙う謎の存在。撤退戦の末、男は三世紀の倭国に辿りつく。

フリーランチの時代
あっけなさすぎるファーストコンタクトから宇宙開発時代ニートの日常まで、全五篇収録

天涯の砦
大事故により真空を漂流するステーション。気密区画の生存者を待つ苛酷な運命とは？

青い星まで飛んでいけ
閉塞感を抱く少年少女の冒険から、人類の希望を受け継ぐ宇宙船の旅路まで、全六篇収録

著者略歴　ゲームデザイナー，漫画原作者，作家　著書『この空のまもり』『富士学校まめたん研究分室』（以上早川書房刊）〈マージナル・オペレーション〉シリーズ『ガン・ブラッド・デイズ』『キュビズム・ラブ』他多数

HM=Hayakawa Mystery
SF=Science Fiction
JA=Japanese Author
NV=Novel
NF=Nonfiction
FT=Fantasy

宇《う》宙《ちゅう》人《じん》相《そう》場《ば》

〈JA1176〉

二〇一四年十一月二十日　印刷
二〇一四年十一月二十五日　発行
（定価はカバーに表示してあります）

著者　芝《しば》村《むら》裕《ゆう》吏《り》
発行者　早川　浩
印刷者　草刈龍平
発行所　株式会社　早川書房

郵便番号　一〇一‐〇〇四六
東京都千代田区神田多町二ノ二
電話　〇三‐三二五二‐三一一一（大代表）
振替　〇〇一六〇‐三‐四七七九九
http://www.hayakawa-online.co.jp

印刷・中央精版印刷株式会社　製本・株式会社明光社

ISBN978-4-15-031176-6 C0193

本書は活字が大きく読みやすい〈トールサイズ〉です。